들개의 숲

# 들개의 숲

손민석 장편소설

한그루

# 차
# 례

# 양배추밭

흙에서는 알 수 없는 단내가 났다. 거무튀튀한 흙 알갱이들을 건성으로 헤집고 코를 들이밀면, 이내 먼지보다 조금 더 큰 여러 냄새가 내 안으로 빨려 들어왔다. 간혹 삼켜내기 힘든 흙덩어리가 넘어와 내 분석을 방해했지만, 밭은기침으로 재빨리 정신을 차린 나는 다시 냄새에 집중했다. 딱히 아는 냄새가 있는 건 아니었고 찾고 있는 냄새가 있는 것도 아니었다. 그저 콧속으로 쏟아지는 정보들을 한없이 받아들이다 보면 낯선 소원이 번뜩 튀어나올 것만 같았다. 내가 냄새를 낚아채기 전에 냄새가 목구멍을 타고 심장 가까이 다가와 말을 걸어주리라 나는 기대했다. 마치 흙 알갱이 한 알, 한 알의 나이와 고향을 물어보기라도 하듯 내 코는 이 신중한 탐구활동에 온종일 열중했다. 비스듬한 각도로 휘어지게 솟은 콧등이 눈앞에서 걸리적거릴 때쯤 나는 냄새 맡기를 그만두었다. 고집스러운 벌렁거림으로 일어난 경련이 미간까지 전해져 내 얼굴이 더 험상궂게 변했으리라 짐작했다.

아침처럼 설레고 진지하던 마음은 돌담의 그림자가 길게 늘어지고 내 작은 영토를 뒤덮는 시간이 되면 반복되는 실망으로 끝나기 마련이었다. 정신 사납게 앞뒤로 들썩대던 여러 소리가 잠잠해지면 나는 반쯤 몸을 드러낸 반들반들한 돌들 사이로 등허리를 기대어 넣고 머리를 팔에 괴었다. 무언가 생각할 거리가 있는 건 아니었다. 노동에 가까운 냄새 맡기로 기진했기에 나는 그저 무거운 눈꺼풀에 소심하게 저항하면서 보이는 가장 먼 곳을 게슴츠레 응시할 뿐이었다. 이따금 나타나는 침입자들이 잠깐 긴장감을 선사해주었지만, 그 전까지는 다가올 냄새들을 위한 준비를 하고 있었다. 모로 돌아눕느라 겨드랑이를 파고드는 쇠사슬은 늘 차가웠다. 그래서 정말 싫어했다.

그가 오는 때는 정해져 있지 않았다. 매일 오는 날도 있었고 드문드문 찾는 날도 있었다. 어떨 때는 존재를 잊을 만큼 보이지 않다가 갑자기 나타나기도 했다. 혼자 올 때도 있었고 나이 든 여자 서넛과 같이 올 때도 있었다. 그의 등장이 규칙적이지 않은 만큼 그에 대한 나의 관심도 듬성듬성했다. 그러므로 나는 그를 잘 알지 못했다. 그도 나를 잘 알지 못했으리라 생각한다.

　그래도 그의 방문으로 확실하게 일어나는 일들이 있었다. 나에겐 빈 아가리를 청승맞게 벌리고 있는 고무대야가 하나 있었는데 가끔 그 꼬락서니가 보기 싫어 앞발로 그것의 옆구리를 쳐서 뒤집어 놓곤 했다. 그는 짧은 한숨과 함께 고무대야를 무심하게 내 입이 닿을 만한 자리에 바로 놓았고 재수 없는 대야가 나에게 뭐라 말을 걸기 전에 사료를 채워 버렸다. 그럼 나는 맹렬한 기세로 고무대야에 얼굴을 박고 그것을 먹어 치웠다. 사레들려 주접스럽게 컥컥거리는 한이 있어도 대야에게 빼앗기기 전에 내가 먼저 배를 채워야 했다. 그는 그런 나를 잠깐 흘긋 보고서 앞선 것보다 좀 더 길고 낮은 한숨을 내쉬고 삽을 들었다. 그리고 나와 그의 사이에 흩어진 똥 덩어리들을 떠서 천천히 걸어갔다. 그가 걸어가는 방향에는 그가 이런저런 쇠붙이나 자루를 넣어놓는 작은 집 같은 것이 있었는데 내 목덜미에서 시작된 쇠사슬은 그 전에 끝났다. 내 머리보다 한참 높이 솟아있는 그의 이마가 일그러지는 것 같으면 나는 더더욱 대야 속으로 얼굴을 파묻었다. 어찌 됐든 방해가 되는 똥을 치워주니 다행이었다. 수집되는 정보들 속에 그다지 궁금한 것 없는 내 분변이 가득 차면 나는 짜증이 났기 때문이다. 가끔 그가 유난히 힘겨워하며 해대는 발길질만 아니라면 그런대로 고마운 일이었다.

* * *

내 콧방울이 돌담의 맨 아래 구멍에 닿지 않던 시절, 나는 그를 사랑했다고 기억한다. 그때쯤엔 그도 나를 제법 귀여워했던 것 같다. 그의 커다란 손이 정수리부터 목덜미를 훑어낼 때 나는 눈을 슬며시 감아 털 가닥을 타고 흘러내리는 따뜻함에 취했다. 성기게 엉겨 붙던 지푸라기 사이에서 나던 엄마의 젖내가 떠오르지 않아도, 웃음도 울음도 아닌 빽빽대는 소리에 부둥켜 뒹굴던 형제들의 축축한 촉감이 느껴지지 않아도 나는 딱히 불안하지 않았다.

그때 나는 오래된 나무 냄새가 밴 마루 아래에서 먹고 잤는데 쇠사슬은 없었다. 통통한 앞발을 버둥거리다 마루 밑에서 몇 걸음 나오면 고르게 깔린 초록색 잔디와 회색 시멘트가 섞인 마당이 있었다. 그리고 그 너머에는 **갈색 쇳덩이**로 촘촘히 메워진 철장이 있었는데 내 아버지는 그곳에 살았다.

철장은 내 머리보다 한참 위에서 공간을 지어내고 있었다. 가끔 아버지에게 말을 걸려면 나는 철장 밑에 깔린 질펀한 오물들 가까이 가서 이마가 꼬리 끝에 닿을 만큼 고개를 쳐들어야 했다. 그러면 쇠창살 사이를 딛고 있는 커다랗고 검붉은 아버지의 발바닥을 볼 수 있었다. 왠지 기이하게 뒤틀려 있었지만 내 발과 똑 닮았다고 여겼다. 콧속을 가득 채운 강한 수컷의 **누린내**에 나는 무섭기도 하고 졸리기도 했다.

"더워서 그래요?"
"뭐라고?"

아버지의 눈 주변은 온통 검은색으로 칠해져 있어 가끔 눈을 뜬 건지 감은 건지 알 수 없었다. 답이 없으면 없는 대로 혼잣말 놀이로 여기고 던진 물음에 바로 아버지가 대답했다. 검은색 피부에 갈색 눈동자가 천천히 떠오르더니 나를 물끄러미 내려다보았다. 사정없이 내리꽂는 햇볕으로 달궈진 창살 사이에 박혀 있던 커다란 입술을 타고 짜증스러운 침이 흘러내렸다.

"또 무슨 말을 하고 싶은 거냐?"

"아버지 얼굴이요. 뺨도 귀도 입도 막 흘러내리잖아요. 더워서 녹는 거 아니에요?"

아버지는 어이없다는 듯이 육중한 머리를 돌려 버렸다. 살짝 웃음기가 보였던 것 같았지만 두꺼운 피부 때문에 표정을 제대로 읽기 힘들었다.

"원래 이렇게 생겨 먹은 거다. 그러는 네놈은 뭐 얼마나 잘생긴 줄 아느냐?"

"그럼 나도 나중에 그렇게 돼요? 나도 아버지처럼 커지고 얼굴도 녹아요?"

"아니, 넌 네 엄마를 더 닮아 나와는 다르다."

미련해 보일 정도로 축 처진 볼때기가 출렁거리며 뱉은 단호한 대답에 나는 조금 서운한 마음이 들어 끙 소리를 내었다.

"모르지. 몸뚱이는 나만큼 클 수도 있고….."

여전히 고개를 돌리고 있어 얼굴을 볼 수 없었지만, 창살

조각조각 나뉘어 보이는 아버지의 황갈색 몸통이 재밌어서 나는 멈추지 않고 지껄였다.

"그럼 나도 아버지처럼 덩치가 커지면 같이 여기서 살아요? 언제 들어갈 수 있어요? 우리 둘이 같이 있으면 좁지 않을까요?"

몸통은 그대로인 채 무거운 역삼각형 머리가 또렷하게 나를 향해 돌아섰다.

"여기에 들어오고 싶다고?"
"네. 그러면 안 돼요?"

그때 아버지의 옹색한 눈동자를 지나는 탁한 주황빛을 기억한다. 아주 잠깐 우리 부자 사이를 지나던 그 빛은 잠시 후 진갈색으로 가라앉았다. 아버지는 더 이상 귀찮게 하지 말라는 모양으로 다시 돌아누우며 힘없이 대답했다.

"곧…. 들어오게 될 거다."

며칠 뒤 아버지는 맞아 죽었다. 대문을 나와 마을 어귀에 다다르기 전에 큰 팽나무가 있었는데 아버지는 거기에 거꾸로 매달려 동네 남자들에게 매질을 당했다. 사실 아버지가 죽고 매를 맞은 것인지 매를 맞아 죽은 것인지 잘 모르겠다. 그 차이가 의미 없다고 생각했던 것 같다. 동네 남자들도 그렇게 생각했는지 한참 동안 그 거대한 몸뚱이를 쳐대는 둔탁한 소리가 들려왔다. 벌건 해가 돌담 끝에 걸릴 때쯤, 아버지는 온몸이 녹아서 집에 돌아왔다. 너무 더운 날이라서 나는 마루 아래 깊숙이 들어앉아 조각조각 파편이 된 아버지가 자기 얼굴보다 더 검은 솥 안에 들어가는 것을 조용히 지켜보았다.

얼마간 나는 그의 집 마당에서 계속 살았다. 아버지가 남긴 말과 다르게 나는 철장 안으로 들어가지 않았다. 그는 철장 바닥에 나무 합판을 대어 평평하게 만들고 나 대신 닭들을 들여놓았다. 나는 이제 마루가 아니라 철장 다리 옆에서 지냈는데, 그는 내 목에 오래되어 가장자리가 다 해지고 올이 터져 풀린 목걸이를 채웠다. 목걸이와 철장은 조잡한 철사 같은 것으로 이어져 있었다. 목걸이에는 여러 냄새가 났다. 아버지의 커다란 몸에서 나던 **누린내**가 있었고 낯선 암컷이 게워낸 비린 토사물 냄새도 있었고 그보다 더 오래돼서 먼지처럼 느껴지는 냄새들이 깊게 박혀 있었다. 해 뜰 녘과 해 질 녘도 구분하지 못하고 발광하는 수탉의 울음소리와 정신 사납게 고개를 흔들어대는 암탉들의 시큼한 똥 냄새가 짜증 났지만, 목걸이에 밴 냄새들을 넘겨 보면서 그럭저럭 지낼 수 있었다.

— 저 강생이 양배추밭듸 놔둬사 되크라.

— 무사?

— 작년에도 알맹이 맺히자마다 들쥐들이 갉아 먹어부난 부애난(화난) 거 잊어서?

— 밭듸 묶어둔댄 쥐들이 안 오카?

— 경해도(그래도) 없는 거보다 낫주게.

그는 새빨간 무늬가 찍힌 장갑을 낀 채 닭장 기둥을 조심히 짚고 있었다. 그의 아내는 그가 말하는 내용을 알아듣지 못하겠다는 표정을 지으며 양팔로 소쿠리를 안아 들고 내 앞에 섰다. 그의 아내보다 더 그의 말을 알아들을 턱이 없는 나는 어색함을 들키지 않기 위해 의미 없는 헐떡거림을 계속할 뿐이었다. 그즈음 내 귀는 조금씩 서기 시작해서 오른쪽은 이미 고개를 완전히 들었고 왼쪽은 엉거주춤하게 꺾인 채 매달려 있었다.

— 호꼼만(조금만) 이시믄(있으면) 송애기만 해지긴 허쿠다.

— 경헌디 짖어대믄 닭이 불안행 알도 못 낳아.

— 내일 모종 작업 끝나민 갖다놉써.


그는 나를 파란색 트럭의 뒤 칸에 실었다. 나와 그는 나란히 걸어본 적이 없었으므로 우리 모두 마당을 가로질러 트럭까지 가는 길이 쉽지 않았다. 목걸이에 걸린 철사를 꼬나쥔 그의 손목은 짙은 갈색으로 그을려 있었고 굵은 핏줄이 억척스럽게 지나고 있었다. 어제부터 이어진 극도의 어색함을 받아들이기 힘들었던 나는 지그재그로 걸으며 머뭇거렸다. 닭장과 나의 거리가 트럭과 나의 거리보다 길어질수록 나는 고개를 돌려 다시 그 균형을 맞추려 애썼다. 내 갈팡질팡한 태도가 마음에 들지 않았는지 그는 고함을 치면서 내 옆구리를 발끝으로 갈겼다. 무력한 주둥이에서 짧은 비명이 나도 모르게 새어 나왔다. 그새를 놓치지 않고 그는 억센 손길로 내 몸뚱이를 가볍게 들어 올렸다. 그가 철사를 이리저리 돌려가며 짐칸 기둥에 나를 묶어 놓는 사이 그의 아내가 트럭 아래로 조심스럽게 다가왔다.


— 밭듸 가서 잘 살아라~ 말 잘 듣고 쥐 많이 잡고~.

그녀는 나를 진정시키려는 듯 나지막하게 무어라 읊조리면서 내 머리를 가볍게 쓸어주었다. 그녀의 손길이 나쁘지 않았지만 감당하기 어려운 어색함을 지워버리기에는 사소했다. 나는 아까 발에 챈 옆구리가 결려와서 부옇게 거품이 낀 침방울만 연신 흘러댔다.

그의 집에서 양배추밭까지 가는 길은 멀지 않았지만 그렇다고 순하지도 않았다. 그의 트럭은 뭔가에 쫓기듯이 세게 달리다가 갑자기 멈췄고 밭 사이로 지나갈 때는 샛바람에 닭장지붕이 흔들리듯 덜컹거렸다. 나는 자빠져서 트럭 밖으로 튕겨 나갈까 두려워 필사적으로 버텼다. 내가 가진 모든 발톱을 찍어 당당히 서 있고 싶었지만, 트럭 바닥은 매끄러운 금속으로 마감되어 있어 나의 알량한 의도를 허락하지 않았다. 그가 탄 운전석과 나 사이 적절한 거리를 가늠하여 겨우 균형을 잡는 게 내가 할 수 있는 전부였다. 트럭의 속도가 점점 줄어들고 거친 기계의 숨소리가 순간 멎었다.

그가 운전석에서 털썩 내려와 내 쪽을 돌아봤을 때 그의 얼굴이 난처함으로 변했다. 어지러움에 정신을 못 차리던 나는 지독한 냄새가 갑자기 코끝을 찔러 그제야 주위를 살폈다. 떨

림이 가시지 않아 부들거리는 뒷다리 사이로 한 무더기 똥오
줌이 튀어 있었다. 그는 곧 낮은 한숨을 내쉬고 트럭 짐칸 옆
문을 내린 후 엉망으로 꼬여 있는 철사를 풀었다. 약간의 민망
함 혹은 벗어나고픈 다급함 때문이었는지 나는 망설임 없이
뛰어내렸다. 그는 나를 이끌고 돌담이 무너져 있는 귀퉁이로
들어가 고랑을 따라 걸었다. 출렁이는 흑갈색 지표면 위로 작
은 풀포기들이 나란히 정렬해 있었다. 콧속에 가득 차는 신선
한 흙냄새와 발바닥에 닿아 흩어지는 흙의 촉감 덕에 메슥거
리던 속이 좀 나아졌다.

　　— 하영(많이) 속았져(수고했어). 인자 여기 양배추밭듸 너 집
　　　이여.

　　그 자신에게 하는 말인지 나에게 하는 말인지 알 수 없는
말을 중얼거리면서 그는 손에 쥔 철사를 쇠말뚝에 묶어 고정
했다. 쇠말뚝 바로 옆에는 불그죽죽하고 커다란 드럼통이 뒤
집혀 있었고 반대편 멀리에는 작은 집처럼 보이는 농막이 있
었다. 드럼통은 아무렇게나 자른 모양으로 입구가 조그맣게
나 있었다. 그는 농막에서 넓적한 고무대야를 꺼내와 물을 채
워 내 앞에 내밀었다.

— 밭 잘 지키라이.

울렁거림을 씻어 내리려 나는 허겁지겁 물을 마셨다. 어째 목구멍으로 들어가는 물보다 성급한 혀 놀림에 옆으로 튀는 물이 더 많게 느껴졌다. 그는 내 옆에서 담배 한 대를 피우고 나서 트럭으로 돌아갔다. 그의 트럭이 뿌연 먼지를 쏟아내며 시야에서 벗어나자 나는 이 상황을 이해하기 위해 바로 앉았다. 드럼통에서는 텁텁한 **쇠 비린내**가 풍겨왔다. 아버지가 살던 철장의 냄새와 비슷하면서 뭔가 낯설어서 가까이 가기 꺼려졌다. 그 뒤로는 나지막한 돌담이 있었는데 그의 집에 있는 돌담과 달리 홑겹으로 되어 있어 엉성하고 군데군데 바람구멍이 나 있었다. 거기서 담이 허물어진 자리까지는 얼추 마당의 몇 곱절은 되어 보였다. 등 뒤의 홑겹 담에서 새어 들어오는 바람이 차갑게 느껴져 나는 드럼통과 말뚝 사이 오목하게 파인 자리에 비집고 들어가 몸을 말았다. 허벅다리 아래로 코를 박아넣고 그와 그의 아내가 했던 얘기들을 떠올렸다. 애초에 알아듣기 힘든 사람들의 말속에는 온통 '**밭**'만 있었던 것 같다.

'**밭**⋯. 이제 여기서 사는구나. 나는 밭에 사는구나. 나는 밭이구나.'

생각이 그 이상 멀리 달아나는 게 두려웠던 나는 선잠이라도 자기 위해 아직도 가늘게 떨리는 눈꺼풀을 감았다.

\*\*\*

**밭**에서 **밭**으로 사는 동안 **밭**은 서너 번 달라졌다. 처음 드럼통 옆에 묶이던 날, 가지런히 대기하고 있던 풀포기들은 탐스러운 양배추가 되었다 없어졌다. 그리고 반쪽짜리 돌멩이 같은 것들에서 감자가 태어나 흙 속에서 살았고 다음에는 머리털을 잘라낼 때 매운 내 가득했던 양파가 자랐다. 밭 한쪽에 사는 나의 존재와 상관없이 그는 밭에 심는 작물의 변화를 통해 시간의 흐름을 가늠하는 듯 보였다. 그 사이 나의 양쪽 귀는 곧게 서서 더 예민해졌다. 주둥이부터 얼굴까지 숯을 바른 듯 거뭇하던 털 색은 이제 제법 황갈색이 섞여 자연스러웠다. 통통하게 살이 올랐던 다리는 날렵하고 매끈해져 피부 아래 일렁이는 근육이 다부졌다. 앞발을 힘껏 채서 몸을 세우면 드럼통 꼭대기를 짚을 수 있을 만큼 몸 전체가 커졌다. 목걸이에 감긴 조악한 철사가 억센 쇠사슬로 바뀌기 전까지 나는 뒷발로 지탱하고 서서 주변을 살피는 것을 즐기곤 했다. 방향을 바꾼 바람이 눈을 실어와 흩뿌리는 날들이 왔을 때, 나는 드럼통에 기댄 그 자세로 수확을 마친 밭을 보다가 종종거리며 뛰어가는 꿩 한 마리를 보았다. 달리고 있다는 걸 깨닫기도 전에 강하게 튀어 나간 덕에 꿩을 뒤쫓는 내 엉덩이 뒤로 뽑힌 쇠말뚝이 덜렁거리면서 나를 쫓았다. 얼마 뒤 밭을 찾아온 그는 여전한 한숨을 내쉬면서 변함없이 꾀죄죄한 내 목걸이를 더 크고 우람한 쇠말뚝에 두꺼운 사슬로 연결했다. 그 후로 나는 주변을 두리번거리는 것을 그만두고 냄새 맡기에 열중했다.

격자무늬 창살에 아버지가 나뉘어 보이던 그날처럼 뜨거운 날들이 되돌아왔다. 나는 냄새 맡는 것도 포기하고 드럼통이 만들어 준 한 뼘짜리 그늘에 몸을 구겨 넣고 헐떡거렸다. 이따금 불어오는 습한 바람이라도 놓치고 싶지 않아 궁둥이를 돌담으로 바짝 붙였다. 아마 담 너머에 다녀가는 꿩이 보기에 나는 마치 돌담 구멍들 사이로 조각난 모습일 것이다. 졸린 것인지 정신을 잃는 것인지 헷갈리는 순간마다 징그럽게 달라붙는 파리떼 덕분에 겨우 깨어 있었다.

며칠 만에 찾아온 그는 혼자가 아니었다. 동네 남자 너덧 명이 그의 뒤를 따라 돌담이 무너진 쪽으로 들어왔다. 그날의 더위는 그에게 건네던 나의 의례적인 인사마저 생략하게 할 정도로 무거웠다.

— 더웡 오몽허지도(꼼짝하지도) 않앰신게. 쯧쯧.

— 그 강생이 잘 생겼져~

— 야이 애비가 그 도사견이어신디.

— 생긴 건 도사가 아닌게 진돗갠디.

— 애미가 창수 삼춘네 거여.

— 기우꽈?(그래요?) 겐디(그런데) 도사면 쪽바리 개 아니우꽈?
투견?

— 뱃속에 들어가민 쪽바리 개고 제주개고 상관이샤?

— 허허헛. 약은 안 돼도 고기는 하영 나오쿠다.


하얗게 내리쬐는 햇볕 때문에 연기가 보이지 않는 담배를
저마다 손가락에 끼우고 그들은 무언가 재미난 이야기를 하고
있었다. 갑작스러운 낯선 이들의 방문과 나에 관한 관심이 평
소라면 반가웠을 테지만 그날은 이유를 알기 어려운 긴장감이
드럼통 아래로 낮게 깔려 아랫배를 서늘하게 했다. 일단 그들
의 시선 바깥으로 나가고 싶어 몸을 일으키자 기다렸다는 듯
이 그들 중 가장 젊고 키 큰 남자가 입을 열었다.

— 늦으쿠다. 형님. 이제 슬슬 가게마씸.

— 삼춘들 리사무소에 계시냐?

— 네. 다 모여 저녁먹겐 골았수다(말했습니다).

— 오늘랑 정권이네 창고에 솥 걸게이~

— 형수님 어디 간?

— 애들 학원 때문에 읍내 나간. 뭐햄시냐. 꼭 잡으라.


그는 말을 마치자 익숙한 억센 손길로 쇠사슬을 말아 쥐었
다. 여느 때보다 강한 당김에 나는 살짝 균형을 잃고 한쪽으로
쏠렸다. 긴장감은 불안감으로 바뀌면서 심장은 더 서둘러 뛰
기 시작했다. 혈관을 정신없이 돌아다니는 피가 내 몸을 순식
간에 덥혀 주었다. 본능적으로 여기서 그에게 져서는 안 된다
고 느껴졌다. 그 어떤 따뜻하고 살가운 말로 어르고 타이른다
고 해도 속아서는 안 됐다. 아니, 속을 수 없었다. 쇠사슬을 통
해 전해진 그의 단호함은 내가 마주친 그 어떤 외력보다 나를
두려움에 빠져들게 했다. 무게중심을 뒷다리에 집중하여 몸
을 낮추고 앞발을 쫙 펴서 발톱으로 지면을 찍었다.


— 어쭈. 요놈 보라.

처음 이곳으로 올 때와 나는 달라져 있었다. 나는 쉬이 그의 의도대로 끌려가지 않았다. 마당을 어렵게 가로질러 나오던 그때 이후로도 나는 그와 함께 걸었던 적이 없었기 때문에 우리는 여전히 서로를 잘 몰랐다. 그는 분명 나의 낯선 근력에 조금은 놀란 것처럼 보였다.

— 막 힘썬신게. 정권아. 강 올가미 가정오라.

있는 힘을 다해 버티고 있었지만, 그는 이런 일에 도가 텄다는 듯 이내 여유를 찾고 나를 더 강하게 당겼다. 내 초라한 목걸이는 오히려 그의 편을 들어 목덜미를 짓누르고 턱주가리를 쑤셔대면서 그를 향해 움직이고 있었다. 다음 파종을 위해 골라놓은 보드라운 흙 표면도 나를 위해 버텨주지 않았다. 내 편이 아무도 없어 나는 점점 돌담이 무너진 바깥쪽으로 끌려가기 시작했다.

— 형님. 가정와수다.
— 옆으로 걸엉 땡기라(당겨라). 지랄하믄 기태는 빠따로 대멩이(대가리) 갈기고.

그의 말에 따르듯 두 남자가 내게 다가오기 시작했다. 밧줄로 된 올가미를 든 남자는 신중하게 내 옆구리 쪽으로 걸음을 옮겼고 키 큰 남자는 몽둥이를 한 손에 쥐고 성큼성큼 뒤쪽으로 돌아 걸어갔다. 나는 거의 절규에 가깝게 이빨을 드러내고 으르렁거렸다.

— 땡겨!

어느샌가 내 가슴팍에 들어와 있던 밧줄은 그의 외침이 끝나기 무섭게 내 목을 졸랐다. 점점 더 파고드는 밧줄이 목구멍을 막아버려 아무 소리도 낼 수 없었다. 죽어가는 몸에서 저 먼저 탈출하겠다는 듯 주둥이 밖으로 튀어나온 이기적인 혓바닥은 마른 거품만 연신 쏟아냈다. 유일하게 나를 응원해주던 피의 군대는 이제 머리통 안에 갇혀 서로 살아야겠다고 아우성쳤다. 벌러덩 자빠져 버둥거리는 내 옆구리를 다른 남자가 다가와 무릎으로 짓눌렀다. 갈비뼈를 파고드는 그 날카롭고 깊은 무게감을 느끼면서 내 몸은 점점 굳어가고 있었다. 눈동자까지 몰려드는 피의 패잔병들로 점점 붉게 변하는 시야에 꼴 보기 싫은 고무대야가 덩그러니 있었다. 눈물인가 싶은 액체가 뜨겁게 눈가를 돌아 맺혔다. 뿌옇게 녹아내리는 고무대야 앞으로 갈색의 크고 두꺼운 손이 불쑥 들어왔다. 손은 나보다 더 나이가 많은 목걸이를 풀고 있었다. 피부에서 떨어져 나오는 목걸이가 코끝을 지날 때, 그 옛날 기억하던 깊고 강한 **누린내**가 흘렀다.

— 아아악!

이미 한참을 달리고 있는 다리는 나의 명령을 받는 것 같지 않았다. 기억이라는 말보다 오래된 어린 날, 엄마는 나를 물어 옮겼다. 조심스러웠던 엄마의 주둥이에 매달려 몸에 힘을 빼고 있으면 흐릿한 주변 풍경이 나를 천천히 지나쳐 갔다. 마치 그때처럼 태어나 본 적 없는 풍경들이 나의 의지와 상관없이 지나쳐 갔다. 이번에는 훨씬 빨랐지만, 오히려 나는 그 다급함에 안정되고 있었다. 어지러운 파편들이 머릿속에서 삐져나와 멈추지 않고 달려가는 내 등 뒤로 흩어졌다. 그토록 강하고 두꺼운 손목을 감싸 쥐고 쓰러진 그의 일그러진 얼굴, 허둥대며 소리를 질러대는 남자들, 밭담 너머 장애물처럼 서로 엇갈려 주인을 기다리던 트럭들…. 뺨을 쓸고 지나는 바람에 퍼져나가는 장면들 속에서 그의 굵은 핏줄에서 뿜어져 나온 진한 피 맛이 입 안에 남았다. 나의 피도 그에게 조금은 침투했을 텐데 이제 우리는 서로를 잘 알 수 있을까? 그 묵직한 비린 맛을 기억하는 한 나는 돌아갈 수 없다고 생각했다. 그에게 느끼는 미안함은 아니었다. 친근하지 않았던 우리는 그런 관계에 어울리는 작별 인사를 했다. 오래된 목걸이처럼 회색으로 해져버린 아스팔트에 검붉은 발자국이 찍힐 때쯤 나는 멈춰서 뒤를 돌아보았다. 오래전, 철장 아래에서 보았던 아버지의 탁한 **주황색** 눈동자를 닮은 태양이 기울어가고 있었다.

# 삼나무 아래에서

눈꺼풀을 비집고 들어오는 햇볕이 거슬려서 고개를 들자 귀 뒤쪽이 몹시 간지러웠다. 나는 찌뿌둥한 몸을 비틀어 뒷발을 뒤통수에 가져다 대고 벅벅 소리가 나도록 요란하게 긁어 댔다.

'망할, 진드기들….'

진드기의 잔해인지 애꿎은 피부 조각인지 구별하기 어려운 피딱지가 발톱에 묻어 나왔다. 나는 낮은 숨을 내쉬고 발톱에 묻은 건더기를 말끔히 핥았다. 잠든 와중에 발광했는지 누운 자리 주변 마른 잎사귀들이 엉망으로 흩어져 있었다. 지난밤 비탈을 따라 노루를 쫓던 관성을 꿈에서 그대로 이어간 흔적일까? 아니면 양배추밭에서 달려 나오던 그날과 그 너머의 날들을 떠올린 걸까? 몽롱함 속에서 잠시 쓸데없는 궁금증에 빠지려는 때, 엉덩이 뒤쪽에서 크고 긴 한숨이 들려왔다. 얼마나 작정한 한숨인지 들숨에서부터 깊이를 짐작할 수 있어서 한숨 소리가 도착하는 것보다 내가 뒤돌아보는 게 더 빨랐다. 날숨으로 마른 잎이 들썩거리는 자리에는 **두부**가 옆으로 누워 있었다. 지면에 가까운 오른쪽 눈은 그대로 감은 채 왼쪽 눈만 힘없이 열어 까만 눈동자로 나를 책망하듯 바라보았다. 아마 내 요란한 잠꼬대 때문에 제대로 쉬지 못한 모양이었다. 거기다가 다시 벅벅거리며 난리를 치니 심히 못마땅하겠지. 무안한 나는 민망한 시선을 피하려 혹은 잠깐이나마 그녀가 곤히 잠들 수 있게 아예 자리를 털고 일어섰다. 두부가 다시 눈을 부드럽게 감고 몸을 말았다.

하얀 솜뭉치가 둥그렇게 말린 모양새가 마치 눈송이가 다소곳이 쌓인 무덤 같다고 생각했다. 두부는 꽤 잘생겼다. 꼬리부터 슬개골까지 이어진 둔부가 튼실하면서도 풍성한 털이 감싸고 있어 몽실몽실했다. 잘록하게 들어간 허리가 다부진 가슴통과 탄탄한 궁둥이를 연결해주고 있었다. 뒷발보다 더 짱짱한 두께의 앞발은 믿음직스럽게 뻗어 그녀의 육각 모양 머리통을 받쳐주었다. 유난히 하얀색으로 물든 속눈썹이 내려앉은 크고 검은 눈동자 옆으로 살짝 잡히는 볼살이 그녀의 매력이었다. 나는 가끔 그녀가 내 지시에 반항하거나 서로 희롱할 때 그 볼살을 지그시 깨물었다. 몸통 전체적으로 하얀색 털이 뒤덮고 있지만 등 쪽에는 옅은 갈색 기운이 언뜻 비쳤다. 털들이 미처 덮지 못한 아랫배가 따뜻하고 품이 너넉한 걸 보면 그녀는 내 새끼들을 잘 낳아 기를 만했다.

두부가 방해받지 않을 정도까지 걸어 나온 자리에는 삼나무들이 빽빽했다. 천상 하늘보다 땅에 관심이 많은 것이 개인지라 그 끝을 올려다볼 일은 별로 없었지만, 삼나무들의 꼭대기는 분명 하늘에 닿아 있을 것이다. 녹색 이끼가 빼꼼하게 들어앉은 삼나무 기둥에는 갈라진 껍질들이 군데군데 일어나 있었다. 땅에서부터 솟아난 이 거대한 파충류의 표피 같은 것이 나는 썩 마음에 들었다. 주둥이나 발톱이 닿지 않는 곳을 삼나무 껍질에 비벼대면 그 시원함을 이루 말할 수 없었다. 감사의 뜻으로 뒷다리를 들고 시원하게 오줌을 한 방 누고 낮은 잡목들이 얽힌 작은 비탈을 빠르게 내려왔다.

"면장, 일어났네?"

반쯤 무너진 산담과 바위 사이에서 엎드려 있던 **쫑**이 고개를 들어 나를 반겼다. 쫑은 날렵한 몸매를 가진 젊은 수컷이다. 나이는 나와 얼추 비슷했고 옅은 잿빛에 갈색 얼룩이 가득했다. 긴 얼굴에 비해 볼품없이 접힌 작은 귀가 우스꽝스러웠지만 쫑은 달리기에 타고난 개였다. 길쭉한 다리로 성큼성큼 내달리기 시작하면 제아무리 날랜 수컷 노루도 그를 당해내지 못했다. 쫑 녀석은 나를 우두머리로 여기기 시작한 때부터 나를 '면장'이라고 불렀다. 왜 면장이냐고 물어봤을 때, 그는 (그다지 관심 없었던) 그의 역사를 들려주었다. 그는 내가 태어난 곳보다 좀 더 남쪽으로 내려간 마을 출신이었다. 그의 표현을 빌리자면 봄이면 멀리 내려다보이는 바다와 노란 유채꽃이 가득한 아름다운 곳이라고 했다. (그 아름다운 곳을 왜 떠났냐고 물으려다 그만두었다.) 부모 개는 기억나지 않지만, 스스로 의식하기 시작한 때부터 그 마을에서 할머니와 살았다고 했다. 쫑이 자랄수록 늙어가던 할머니는 어느 날 갑자기 집에서 사라졌고 가끔 봤던 할머니 딸이 쫑을 개장수에게 보냈다. (개장수에게서 탈출한 무용담을 떠벌리기 시작하려던 쫑에게 '면장'이라는 호칭의 연원을 다시 상기시켰다.) 할머니가 그를 옆에 앉혀놓고 이런저런 이야기할 때, '면장, 면장님'이라는 말을 자주 해주었다고 한다. 특히 낡은 사진을 들여다보면서 할머니는 더욱 힘주어 말했고 그래서 적어도 그가 느끼기에 '면장'은 특별하고 대단한 명칭이라고 했다. 자신의 이름은 할머니가 지어준 '쫑'이라고 첫 만남부터 분명히 밝혔기에 '면장'이 그를 지칭하는 이름은 아닐 것이었다. 그래서 나는 그의 존중을 고맙게 받아들였다. 그의 빠르기라면 개장수에게서 도망치는 정도는 어렵지 않았을 거라 믿었으므로 그 뒤 얘기도 더는 묻지 않았다.

"별일 없었지?"
"별일 있었지. 이놈의 진드기 때문에 가려워 죽겠어."
"그러게. 한창 더운 날도 지났는데 진드기는 여전하다."
"눈 내리고 물이 얼기 전까지는 어림없지."
"이번 눈은 일찍 올 거 같다."

무심코 흘린 말을 쫑은 재빠르게 주워 담아 나에게 되물었다. 움직임만큼이나 대화에서도 그는 상대를 쫓는 듯한 날램을 가지고 있었다.

"면장 말대로 눈이 일찍 오고 추운 날이 길어지면 어떻게 할 생각이야? 내가 제안한 건 생각해봤어?"
"그건 아직 고민 중이야. 아직은 여유가 있다."

"**곰** 녀석들과 부딪히는 게 껄끄러워서 그렇다면."

이번에는 내가 쫑의 말을 빠르게 잘랐다. 그리고 잠시 그를 노려보았다.

"녀석을 두려워하는 건 아니야. 그렇게 생각한다면 실망인데."
"그런 의미는 아니었어, 기분 나쁘다면 미안해."

내가 슬그머니 자세를 낮추고 고개를 앞으로 내밀자 그는 이번에도 재빠르게 대화에서 물러났다. 쫑은 털이 많지 않아 앙상한 꼬리를 서둘러 다리 사이로 내렸다. 나는 그의 태도에 마음이 누그러졌지만, 말을 이어가는 것은 그만두었다.

'인간들과 점점 가까워지는 게 마음에 들지 않을 뿐이다.'

"알아서 할 텐데 괜한 말을 꺼내서 또 혼나기나 하고. 하여간 방정은."

쫑이 내 눈치를 보며 움츠리고 있는 바로 뒤 덤불에서 부산스러운 털뭉치가 튀어나왔다. 언제나 시끄럽게 주절거리고 어디든 바쁘게 돌아다니는 **만두**가 뭉툭한 꼬리를 좌우로 경쾌하게 흔들며 걸어왔다.

"밭이 우두머리니까 다 생각이 있을 거야. 네가 뭐가 잘나서 이래라저래라 하는 거야? 어제도 너 때문에 다 잡은 노루 놓치고 달밤에 다들 헛짓거리나 하고…. 뭐 하나 똑바로 하는 게 없는 주제에 훈수를 왜 둬."

딱히 내가 말을 꺼내기 무안할 정도로 만두는 쫑을 몰아붙이고 있었다. 자신보다 머리는 하나 더 있는 쫑을 산담 구석으로 몰면서 재잘대는 만두의 질펀한 궁둥이 꼭지에는 짧고 도톰한 꼬리가 좌우로 박자를 맞춰 움직였다. 만두는 쫑과 꼭 반대로 생겨 먹은 개다. 마치 노루 궁둥이처럼 하얀 털이 풍성하게 덮인 엉덩이 위로는 꼭 나오다가 잘린 모양의 꼬리가 있었고 그 위로 길고 윤기 나는 등허리가 있었다. 야무지게 생긴 역삼각형 머리통 위로는 얼굴에 비해 큰 귀가 양쪽으로 비스듬히 솟아있어 앙증맞았다. 목덜미부터 가슴팍까지는 황토색의 풍성한 털이 가득해 언뜻 위엄 있어 보였으나 몸통에 비해 너무 짧고 오동통한 다리는 당황스러울 정도로 우스웠다. 나

는 만두를 처음 봤을 때 그녀가 사냥에 쓸모가 없을 거라 여겼
다. 우스꽝스러운 짧은 다리로 아무리 용을 써도 억센 이 산의
돌무더기들을 넘을 수 없으리라 생각했다. 그러나 만두는 장
거리 선수였고 좀처럼 다물지 않는 주둥이처럼 끈질기게 달렸
다. 그녀는 우리 무리의 타고난 몰이꾼이다.

이제 완전히 주제와 벗어난 얘기로 열을 올리고 있는 둘을
뒤로하고 나는 산담을 따라 이어진 마른 계곡을 천천히 올라
갔다. 숲은 아직 초록색 물을 머금고 있었다. 계곡을 따라 불
규칙하게 얽혀 있는 돌들의 표면을 덮은 폭신한 이끼는 산담
을 따라 정연하게 이어졌다. 이끼의 행렬이 끊기는 비탈의 끝
자락에서 움푹한 구덩이를 돌아가면 조릿대가 우거져 있고 너
머엔 산길이 나 있었다.

오돌토돌한 길 표면을 찍어 누르며 나의 영토를 가늠해보
았다. 완만하게 이어진 산길을 따라 내려가면 차들이 많이 다
니는 매끈한 도로에 다다른다. 위태로운 도로 옆 배수로를 따
라 다시 내려온 만큼 오르막길을 올라가면 인간들이 좀처럼
다니지 않는 큰 오름이 있다. 오름 위에는 제법 넓은 연못이
있는데 비가 오랫동안 오지 않아도 물이 마르지 않아 우리 무

리가 자주 찾는 곳이었다. 더위가 올라오기 시작할 때쯤엔 연
못을 두고 새끼를 거느린 노루들이 모여들었다. 그래서 그 물
찬 오름은 최고의 사냥터이기도 했다. 진회색의 아스팔트 도
로를 따라 다시 되짚어가면 산길로 통하는 입구 전에 삼거리
가 나온다. 나는 주로 서쪽으로 길을 잡아 크게 우회하여 근거
지로 돌아오는 방식을 선호했다. 험하지 않은 내리막을 따라
걷다 보면 왼쪽으로 말들이 배회하는 넓은 초지가 펼쳐져 있
고 오른쪽에는 숲이 무성한 오름 두어 개가 뭉쳐 있었다. 눈과
함께 추위가 내려오면 높은 산에 있던 노루들이 이 경로를 따
라 슬금슬금 내려오기 시작할 터였다. 그즈음부터는 더 북쪽
으로 마을이 시작되는 지점까지 노루들의 발자국이 이어져 있
었고 우리는 그것을 따라 내려가곤 했다. 그러다 소를 모아 키
우는 건물을 지나 인간들의 냄새가 강해지는 마을 경계에 이
르면 동쪽으로 방향을 돌렸다.

억새와 덤불로 우거진 그 지역은 꿩들이 숨어있기 알맞아
오름과 숲에 눈이 두껍게 쌓일 때면 우리는 그곳까지 내려와
살았다. 덤불과 좀 떨어진 키 작은 소나무들 사이로는 넓은 잔
디밭이 펼쳐져 있었고 인간들의 모습이 언뜻 보이곤 했다. 그
들은 작은 자동차를 타고 나타나 풀 위에서 작대기질을 해대

고 다시 그 작은 차를 타고 떠났다. 거기서 우리의 근거지까지는 다시 오름을 하나 넘어야 했는데 나는 오름을 직접 넘는 것보다 다시 소들이 있는 곳까지 내려와 돌아가는 방식을 택했다. 오름 기슭에는 사람들이 가둬 키우고 있는 노루떼가 있었는데 그 광경이 기이해서 피하고 싶었다. 무엇보다 오름의 반대편 기슭 드넓은 공터에는 **크고 작은 돌덩이들**이 가득해 가까이하기 어려운 분위기였다. 내 영토를 혈관처럼 지나는 도로 위에 벚꽃이 흩날리기 시작할 때쯤 그 비어있던 공간은 인간들로 북적였는데 그때를 제외하고는 한산했다. 이따금 새로운 경로를 찾기 위해 공터 뒤 수로를 따라 접근해보기도 했으나 몸을 숨길 곳이 마땅치 않아 금세 되돌아왔다. 공터의 가장 높은 곳에는 반달 모양의 거대한 **돌집**이 있었는데 오름과 바로 이어지는 뒷길과 맞닿아 있었다. 낯선 공터의 정점에 자리한 그 돌집에서는 낯설지 않은 냄새가 나곤 했다. 냄새는 명확하지 않고 공기 중에 낮게 깔려 있었다. 철장 사이로 보이던 아버지의 짓무른 발바닥 냄새 같으면서 그보다 맑았고 양배추밭 밭담 아래 불붙은 쓰레기더미가 사위며 풍기는 냄새보다는 진했다. 풀어내지 못한 호기심 때문인지 나는 그 돌덩이를 나의 영토 맨 가장자리에 편입했다.

\*\*\*

머릿속에서 이뤄지던 영토 순시에서 퍼뜩 돌아왔을 때, 두부가 곁에 와 있었다. 탐스럽게 말려 올라간 꼬리를 살랑거리며 대각선으로 비스듬히 다가온 두부는 마치 보라는 듯 앞발을 멀리 내밀어 상체를 낮추고 궁둥이를 높이 쳐들어 기지개를 켰다. 나는 허공을 향해 솟은 두부의 궁둥이에 습관적으로 코를 갖다 대었다. 두부는 재빠르게 몸을 회전하며 내 코가 자신의 냄새를 관찰하는 것을 피하고 재롱을 부렸다. 그러고는 신난 표정으로 몸을 낮춰 좌우로 짚으면서 나에게 장난을 걸어왔다. 그녀의 장난이 싫지 않아 인간들이 드문드문 출현하는 산길 위라는 것도 잊고 한참을 쫓고 달리며 서로 희롱했다. 마침내 그 매력적인 볼때기를 물린 채 잡힌 두부가 헐떡거리며 자리에 주저앉았다. 격렬하게 뛰어대는 두부의 심장 박동이 귓등 바로 뒤에서 들려오는 것 같았다.

\*\*\*

하얗게 추웠던 어느 날, 두부는 저를 닮은 하얀 눈 위에 우두커니 앉아 있었다. 콧방울에 맺힌 습기가 살얼음이 될 법한

싸늘한 공기 속에서 그녀는 숨을 가쁘게 헐떡이며 주위를 두리번거렸다. 그러다 역시 저를 닮은 하얀색의 제법 덩치 있는 차가 달려가면 눈길을 박차고 따라 달렸다. 잠시 후 자책하는 얼굴이 되어 다시 앉았던 자리로 되돌아오길 반복했고 두부가 헤매던 길가는 그녀의 발자국으로 진창이 되었다. 그녀가 잔뜩 굳어서 앉아 있던 길가는 부근에서 가장 넓은 도로였고 차들과 인간들이 항상 많았다. 다양한 형태의 (그러나 대부분 하얀색인) 차들이 시도 때도 없이 드나들었고 길가에 서서 그들과 함께 온 인간들을 기다리고 있었다. 들뜬 기분의 인간들이 쏟아져 나와 재잘거리며 잘 정리된 숲길로 들어갔다. 항상 북적대긴 했으나 그들은 그다지 위협적인 존재들은 아니었다. 정말 조심해야 할 것은 큰 차들이었다. 나를 양배추밭으로 실어 나른 트럭의 몇 배는 됨직한 거대한 트럭들이 가늠하기 힘든 속도로 도로를 갈랐다. 그나마 두부는 인간들이 차를 멈추고 내리는 넓은 쪽 길가에 자리를 잡고 있었지만 위태롭기는 별반 다르지 않았다. 경계심이 많았던 나는 저만치 떨어진 덤불 속에서 그 모습을 바라보고 있었다. 밭을 떠나 이곳까지 오면서 길가에 널브러진 개들의 사체를 수도 없이 보았다. 큰 놈부터 아주 작은 놈, 시꺼먼 놈부터 허연 놈…. 깔려 죽고 치여 죽은 개들은 새까만 파리 떼를 털가죽처럼 덮고 있었다. 두부 녀석도 머지않아 그렇게 될 것이라 예상하면서도 관찰을 멈출 수 없었다.

"여기서 뭐 하고 있는 거냐?"

북적대던 인파도 사라지고 우리 사이를 황급히 가로지르는 큰 트럭들도 잠잠할 무렵, 나는 두부에게 다가가서 조용히 말을 걸었다. 검푸른 숲속에서 밀려 나온 달빛이 하늘 위로 뻗은 도로를 천천히 건너는 시간이었다. 두부는 큰 길가에서 좀더 안쪽으로 들어와 제 나름 안전하다고 여겨지는 수풀 속에 몸을 쑤셔 넣고 있었다. 누군가에게 들키지 않으려는 듯한 조심스러운 내 물음이 들리지 않았는지 그녀는 미동조차 하지 않았다. 나는 그녀가 불안해하지 않을 정도로 거리를 유지한채 가만히 바라보기를 계속했다. 가늘고 앙상한 가지 사이로 어슴푸레 보이는 그녀의 허연 몸뚱이가 낯설었다. 낯섦은 경계를 낳고 유지되는 경계심은 피곤을 가져와 그녀의 몸을 더촘촘히 가리는 듯 보였다. 나는 체념하여 고개를 돌렸다.

"가족을… 기다리고 있어."

가는 바람이 힘겹게 나뭇가지를 긁는 것처럼 무기력한 대답이었다. 더 맥 빠지는 것이 그 대답의 내용이라 나는 (그래서는 안 되었는데) 비아냥이 섞인 반응을 내보였다.

"가족? 설마 네 부모개는 아닐 테고. 너를 키워준 인간을 말하는 건가?"

그녀가 뭐라 반박할 겨를을 주지 않으려고 나는 재빨리 말을 이어갔다.

"인간을 가족이라고 부르다니 제정신이 아니구나. 우리 패거리에도 인간과 부대끼며 살았던 녀석들이 꽤 있지만 그렇다고 그 녀석들이 인간을 가족이라 부르는 건 듣지 못했다."

나름 논리정연하게 떠들었다는 생각에 나도 모르게 거들먹거리며 가지 사이로 흐릿하게 맺혀있는 그녀의 얼굴을 내려다보았다. 내 지껄임은 전혀 개의치 않는 듯 여전히 꼼짝하지 않고 있었다. (아니, 아예 내 말을 듣고 있는 것 같지 않았다.) 나는 그녀를 설득해야 한다는 뜬금없는 사명감에 빠져 단호하게 선언했다.

"그래. 그들을 어찌 부르든 네 자유지만, 네 '가족'은 절대 오지 않는다!"

어느덧 달빛이 반대편 숲으로 빨려 들어가 어둠이 삼나무 줄기를 타고 비처럼 내렸다. 어둠 속에 희끗희끗한 침묵이 부담스러워 대답을 기다리지 않고 나는 되돌아갔다.

며칠 뒤에도 두부는 같은 자리에 있었다. 눈이 조금씩 녹으면서 굶주린 꿩들이 꿕꿕거리며 나지막한 구릉을 뛰어다녔고 나는 얼마간 그들을 쫓는 데 열중했다. 패거리와 사냥한 꿩을 나누다가 문득 다시 그녀 생각이 났다. 내 몫의 살점 조금을 주둥이에 끼우고 그녀가 머무는 길 건너 덤불로 왔다. 의아하게 생각한 **곰** 녀석이 내 뒤를 따라왔다.

"접때 한참 안 보이더니 저 암캐 때문이었군."

곰의 시비조 말투가 신경 쓰였지만, 입에 물고 있는 까투리 날갯죽지를 떨어뜨릴까 나는 가만히 듣고만 있었다.

"딱 봐도 키우던 인간이 길에다가 버리고 간 거로군. 흔한 일이다.”

곰은 내 무반응에 아랑곳하지 않고 제 할 말을 이어갔다.

“얼마 못 버티겠지. 저런 큰길가에서 서성이다간 차에 치여 뒤지거나 개장수에게 잡혀가거나 둘 중 하나야. 물론 굶어 죽을 수도 있고….”

나는 여전히 대꾸하지 않고 두부를 관찰하고 있었다. 그녀가 앉아 있는 자리는 제법 눈이 녹아 검붉은 본래 색으로 버무려져 있었다. 오가던 차들이 뿌려대는 진창에 범벅이 된 그녀는 더 이상 하얗고 폭신한 모습이 아니었다. 그녀의 잘난 외모에 드문드문 관심을 보이던 인간들도 더 이상 그녀에게 가까이 가지 않았다. 오히려 경멸과 두려움 섞인 몸짓을 보이며 꺼렸다. 궁둥이부터 가슴팍까지 풍성한 털이 모두 잿빛 땟국물에 절어 있었고 목덜미부터 주둥이 끝까지 녹다 만 진흙탕이 엉겨 붙어 꼴이 영 사나웠다. 거리가 있어 확실치 않았지만 나는 그녀가 떨고 있다고 여겼다.

“차라리 뒤질 거면 인간들 안 보이는 저쪽에서 차에 곱게 치여 널브러져 있으면 좋겠다. 더 추워지면 사냥감 구하기도 여의찮은데, 여차하면….”

곰 녀석의 지랄 같은 지껄임을 더는 들어줄 생각이 없었다. 녀석은 현실과 생존이라는 가면을 쓰고 제 잔인한 성향을 합리화하길 좋아했다. 나는 그대로 일어서 자세를 낮추고 깊게 으르렁거렸다. 곰 역시 물러서지 않고 황갈색 눈으로 나를 똑바로 노려보았다. 검은색 갈기가 휘날리는 커다란 몸집은 마주하는 상대를 주눅 들게 하는 권위가 있었다. 집채만 한 트럭이 위압적인 풍압을 내뿜으며 지나가기 전까지 얼마간 우리의 대치는 이어졌다. 황갈색 눈동자에서 옅은 비열함이 스치더니 녀석은 표정을 풀고 입꼬리를 가늘게 올렸다.

“농담이야~ 농담. 친구! 큭큭큭. 그렇게 정색하지 말라고. 난 먼저 돌아갈 테니 볼일 보고 천천히 오시게.”

곰은 고개를 돌리는 순간에도 여유를 잃지 않고 천천히 숲 속으로 사라졌다. 우리 둘을 따라왔던 까마귀 떼들이 충직하게 울어대며 그를 따라 날아갔다. 그가 시야에서 완전히 벗어난 다음에야 나는 비로소 다시 두부에게 집중할 수 있었다. 이제 그녀는 더 이상 하얀색 차를 보아도 쫓지 않았다. 앉지도 엎드리지도 않은 엉거주춤한 자세로 고개를 떨구고 눈동자만 힘없이 이리저리 움직일 뿐이었다. 다행히 구름이 가득한 흐린 날이라 인간들은 다른 때보다 일찍 숲에서 빠져나가고 있었다. 나는 그녀에게 다가갈 때를 잡기 위해 길 쪽으로 천천히 움직였다. 아까부터 쭉 입에 물고 있던 고기 조각이 침 범벅이 되어 흐물댔다. 어지럽게 오가는 차들 사이로 그녀가 보였다 말았다 했다.

마침내 지루하게 반복되던 차들의 흐름이 멈춘 순간, 나는 축축하게 젖은 도로에 앞발을 내디뎠다. 동시에 혼란스러운 냄새 다발이 불쑥 감각 속에 파고들어 왔다. 분명하게 진한 것은 아니었지만, 충분히 머뭇거릴 정도의 불쾌감이었다. 냄새 다발은 두부로부터 오른쪽으로 수십 걸음 떨어진 곳에서 풍겨 나오고 있었다. 인간들의 언어로 무어라 쓰인 차와 뒤 칸을 천막으로 씌운 트럭이 세워져 있었다. 그 차들에서 내린 것으로 보이는 남자들 몇 명이 서로 얘기를 나누다가 트럭 짐칸을 열고 검은색 철장을 꺼냈다. 천막이 걷힌 사이로 고개를 내민 냄새는 오래전 내 목에 붙어있던 낡은 목걸이의 그것과 비슷하게 복잡했다. 철장을 나르는 남자들 뒤편으로 그물같이 생긴 것을 주섬주섬 챙기는 다른 남자의 모습도 보였다. 나는 본능적으로 그들이 두부를 데려가기 위해 왔다는 것을 알았다.

차에 치여 죽은 개들의 사체를 보는 빈도와 비슷하게 나는 끌려가는 개들의 모습을 몇 번 목격했다. 초창기 우리 패거리 몇몇도 그렇게 사라졌다. 개들을 데려가는 부류는 비교적 점잖게 철장에 함정을 설치해 그대로 실어 가는 족속과 인정사정없이 올가미를 매어 끌고 가는 족속이 있었다. 우리는 딱히 그 차이를 알지 못해 두 족속을 모두 '개장수'라고 불렀다. 어찌 됐든 한번 잡혀간 개들은 다시는 돌아오지 않았다. 저를 잡아가려는 준비를 코앞에서 착실히 진행하고 있는데 정작 두부는 넋 나간 듯 우두커니 앉아 있을 뿐이었다. 멍하니 땅바닥을 쳐다보고 있는 궁상맞은 모습에 화딱지가 났지만, 일단 그녀의 달아난 정신에 지금 상황을 빠르게 알리는 게 우선이었다.

한시가 급한 상황임에도 알량한 생존본능인지 비겁함일지 모를 감정이 혓바닥을 움켜쥐었다. 아직 그들은 나를 발견하지 못한 것이 틀림없었다. 침에 절어서 이제 입 안에 피부처럼 느껴지는 까투리 고기도 내 망설임의 좋은 핑곗거리가 되어주었다. 그때 나는 분명 뒷걸음질 치기 시작했던 것 같다. 용감하게 나섰다고 말하기에는 그리 당당한 꼴이 아니었다. 두부가 마침 고개를 들어 나와 눈이 마주치지 않았다면 나는 분명히 그녀와 개장수들로부터 도망쳤을 것이다.

아무렇게 뜯어 밭담 한쪽에 뭉텅이로 쌓아놓은 비닐처럼 그녀는 무력하게 앉아 있었다. 겨우 고개를 들어 나를 쳐다본 두부의 얼굴에는 언뜻 반가움이 묻어 있었다. 그녀가 아직 미치지는 않았다는 안도감으로 내가 그렇게 느꼈을 수도 있다. 나는 고기 조각을 뱉어냄과 동시에 그녀를 향해 소리쳐 짖었다.

"도망쳐. 뛰어. 어서 이쪽으로 와!"

서서히 두부 쪽으로 다가가던 남자들이 동시에 나를 쳐다보았다. 조금 당황한 기색이 느껴지는 것으로 보아 확실히 그들의 목표는 두부 한 마리였다. 나는 더 세차게 짖어대며 그녀를 불러댔다.

"지금이야! 어서 뛰어와. 어서!!"

'아! 이런 환장할 암캐 같으니라고….'

길 반대편에서 발광하는 나는 안중에도 없는지 두부는 멍청하게 멀뚱거리고 있었다. 남자들은 상황 파악이 끝났는지 무리를 나눠 일부는 길을 건널 준비를 했다. 나는 무작정 도로 한가운데로 튀어 나갔다.

— 끼이익~!

막 출발하려고 길에 합류한 흰색 차가 신경질적인 비명을 지르며 노면을 긁었다. 나의 난데없는 돌진에 놀란 차가 비스듬하게 도로 중앙에 멈춰준 덕분에 뒤이어 오던 차들도, 반대편 두부 쪽의 차들도 모두 급하게 움직임이 멎고 연신 시끄러운 소리를 질러댔다. 그제야 이 답답하고 가련한 생물은 정신을 차렸는지 철퍼덕 깔고 앉아 있던 궁둥이를 뗐다. 우리를 향해 움직이던 남자들도 소음에 뒤섞여 허둥댔다. 나는 끈적한 침방울을 튀어가며 두부를 간곡하게 불렀다. 그녀는 잔뜩 겁을 집어먹은 채 종종걸음으로 도로를 건너기 시작했다. 검게 빛나는 도로 가운데서 마침내 만난 우리는 점점 속도를 붙여 내가 나왔던 숲속으로 달려갔다.

나무가 적은 계곡 가장자리에 눈이 살짝 녹아서 고여 있었다. 나와 두부는 차례로 물도 얼음도 아닌 것을 게걸스럽게 핥아 마셨다. 나는 남자들의 추적이 계속되는 것은 아닌지 불안해하며 연신 우리가 지나쳐 온 나무 사이를 뒤돌아보았다.

"너는 이름이 뭐야?"

급하게 뚫고 나온 마른 나뭇가지에 긁혀 더 꾀죄죄한 몰골이 되어버린 두부가 숨이 넘어가게 헐떡거리며 물었다. 별 시답지 않은 것을 물어본다고 핀잔을 주려 했지만, 우리가 충분히 빨리 도망쳤는지를 확인하는 게 중요했던 나는 그냥 못 들은 체했다. 두부는 눈치 없이 한 걸음 가까이 다가와 말을 이어갔다.

"내 이름은 두부야. 내가 하얗다고 우리 엄마가 나를 두부라고 불렀어."
"두부랑 하얀 게 무슨 상관이냐? 애초에 두부가 뭔데?"

나는 한심함을 굳이 숨기지 않고 그녀를 바라보지 않은 채 대꾸했다. 제 입으로 하얗다고 말하기 민망할 정도로 그녀는 잿빛에 가까운 모습이었다.

"두부는 사람들이 먹는 거야. 우리가 사료나 간식 먹는 것처럼. 두부가 하얀색이라 나도 두부야."

도통 알아들을 수 없는 소리를 지껄이는 그녀를 나는 걱정스럽게 내려다보았다. 기껏 구해놨더니 결국엔 미쳐버린 건가? 이런 나사 빠진 개를 데려가면 패거리가 받아들일 수 있을까?

"엄마와 아빠를 기다리고 있었어. 차 타고 놀러 나왔는데 나만 내리고 엄마, 아빠는 다시 탔어. 잠깐 기다리라고 했는데 오지 않아서 계속 기다렸어. 내가 너무 커졌다고 혼났는데 아마 그래서 날 데리러 오지 않나 봐."

인간들이랑 붙어살아서 그들 생각을 참 잘 아는구나! 라고 감탄하기에 앞서 이 미친년의 자기소개는 점점 자학으로 변해가고 있었다. 다시 비닐 쓰레기 더미처럼 바닥으로 늘어지는 그녀를 참을 수 없어 말을 가로챘다.

"난 밭이다. 밭이라고 불러."

고개를 떨구던 두부가 눈을 빛내며 환하게 웃었다.

"이제 우리가 같이 사는 거야. 이 숲에서."

두부가 입꼬리를 헤헤거리며 내 말에 격하게 동의하듯 기지개를 켜고 몸을 털어댔다.

* * *

"왜 그렇게 멍하게 있어?"

흥분이 좀 가라앉았는지 두부가 입을 열었다. 그러고는 걱정스레 내 주둥이를 핥아댔다. 결과적으로 그녀는 미치지 않았다. 다른 경험으로 채워진 지난 시간이 내가 그녀를 오해하게 한 것뿐이었다. 두부는 키워준 인간을 엄마, 아빠라고 부르며 따뜻한 인간들의 집 안에서 편안하게 살다가 차가운 길가에 불편하게 버려졌다.

"예전 생각을 좀 했다. 아무렇지 않아."

두부는 무슨 생각을 했는지 더 묻지 않았다. 그녀 나름대로 잠든 내가 버둥거리던 기억에서 빠져나오는 중이라 짐작한 것 같다. 내 주둥이를 한참 동안 핥던 그녀는 갑자기 몸을 웅크리고 고개를 비틀어 자기 항문 주변을 핥기 시작했다. 야릇한 피비린내가 코끝을 찔렀다.

"나… 피를 흘리기 시작했어."

두부가 교태를 부리며 속삭이듯 말했다. 나는 그녀의 도톰한 볼때기를 가볍게 깨물었다. 그녀가 풍기는 비릿한 냄새에 왠지 모르게 발바닥까지 뜨겁게 달아올랐다. 두부가 몸을 틀어 가까이 오자 냄새는 욕망이 되어 심장을 바로 찔러 들었다. 나른함이 만족스러워 입이 찢어지게 하품하고 우리는 가볍게 서로 몸을 부비며 삼나무 아래로 돌아갔다.

# 노루 똥

노루는 참 맛있는 동물이다. 회색빛이 섞인 옅은 갈색 털로 포근하게 둘러싸여 있는 몸통 아래로 단단하게 마른 나뭇가지처럼 살짝 꺾인 길쭉한 다리가 뻗어있다. 꼬리라고 부를 만한 것이 없는 궁둥이에는 하얀 털이 대신 보송보송 매달려 있다. 수컷들은 나이가 차면 귀 사이로 뿔이 돋아나는데 성질머리가 제법 고약하다. 암컷들은 조심성이 많아 풀뿌리를 뒤져 먹을 때도 소심한 귀를 쫑긋거린다. 도톰한 주둥이부터 칠흑같이 검은 눈동자까지 이어진 대가리는 딱 보기 좋은 정도 크기여서 귀엽다. 암수 가리지 않고 가벼운 걸음으로 뜀박질을 잘한다. 비자나무 모양으로 뿔이 자라난 다 큰 수컷 노루는 암컷 노루 여러 마리를 거느리며 퍽 위엄 있는 편이다. 노루는 참 멋있는 동물이다.

물론 나에게 그들이 멋있다는 것은 그다지 중요한 부분이 아니다. **먹고사는 문제**로 그들이 맛있다는 게 중요하다. 꿩고기도 제법 맛이 좋은 편이지만 솔직한 말로 한두 마리 잡아봐야 별로 먹잘 게 없었다. 반면에 다 자란 노루 한 마리면 무리 모두가 그런대로 배를 채울 수 있었다. 특히 수컷 노루는 제법 몸집이 있어 창자도 나눠 먹을 수 있을 만큼 충분했다. 훌륭한 맛과 양에도 불구하고 노루 사냥이 고달픈 작업인 까닭은 그것들이 상당히 날래기 때문이다. 마치 원래 이 산의 주인은 자신들이라고 주장하듯 우리는 여러 차례 그들의 재빠른 회피에 당해 배를 주려야 했다.

그래도 시간이 지나면서 허탕을 치는 횟수가 점점 줄어들었다. 나는 무엇보다 노루가 인간에 속한 것이 아니라서 마음이 편했다. 나는 제 아무리 먹고살기 위해서라도 어지간하면 인간들과 부딪히지 않는 것을 선호했다. 나를 비롯한 우리 무리 대부분이 인간에 대해 좋지 않은 기억이 있는 것과 별개로 살기 위해 다시 인간에게 의존하게 되는 것이 염려스러웠다. 쇠사슬과 고무대야가 선사하는 철저히 통제된 안전으로 돌아가기에는 우리 모두 깊은 숲속으로 들어와 버렸다. 노루는 나와 무리의 독립을 지켜줄 가장 강력한 수단이다. 그렇기에 노루 사냥은 포기할 수 없는 일이었다.

바짝 마른 골짜기를 따라 줄을 맞춘 때죽나무들이 누렇게 색이 빠지기 시작했지만, 아직 노루들은 산 아래로 내려올 생각이 없는 듯했다. 높은 능선에서 활동하던 노루들은 산꼭대기에 눈이 쌓이기 시작하면 마을 근처까지 내려왔고 골짜기 구석에서 참꽃이 망울을 맺으면 다시 산 위로 올라가 새끼를 낳았다. 대략 나의 영토는 노루들의 이동반경을 가늠하여 경계를 설정한 것이었다. 우리 무리는 날이 풀리면 계곡을 따라 꼭대기에 연못이 있는 오름 주변에 펼쳐진 깊은 숲으로 이동했고 밟으면 서걱거리는 살얼음이 연못가에 맺히면 노루들보다 한발 먼저 산 아래로 내려갔다.

노루의 공간이 우리의 공간을 규정하고 노루의 시간이 우리의 시간을 규정했다. 우리에게 시간의 흐름이란 더위와 추위의 반복됨에 지나지 않았지만, 노루를 통해 단순한 반복을 분절하여 의미를 더했다. 더위는 사냥하기 손쉬운 새끼 노루들과 함께 찾아왔고 추위는 늠름하던 수컷 노루의 뿔이 떨어지면 시작되었다. 뿔이 떨어진 자리를 덮은 보드라운 막이 벗겨지고 다시 수컷 노루의 뿔이 돋아나면 눈이 녹았다. 우리는 그때 제가 어른인 줄 착각하는 미숙하고 오만한 수컷들을 노렸다. 노루를 따라 나뉜 시간에 차근차근 박자를 맞춰 나가면서 내 영토는 더욱 굳건해졌다. 용케 우리의 공략을 피해서 살아남은 수컷 노루의 뿔이 갈래를 더해갈수록 우리의 전략은 체계화되었다.

두꺼운 눈이 능선을 덮어 지표의 높낮이가 가늠되지 않는 계절에 마을 바로 인근까지 내려온 노루들은 평소 고지대에 있을 때와 달리 서로 모여있기를 즐겼다. 아마도 먹이를 구하기 위해서 임시로 내려온 자리라 영역 다툼을 덜 할 수도 있고 더운 날 태어난 새끼 노루들이 제법 성장해서 그렇게 보일 수도 있었다. 달리기를 즐기고 사냥에 성취욕이 강한 쫑은 우리 무리가 추워지기 전에 아예 마을 가까이 근거지를 구축하고 있자고 제안했다. 모여드는 노루들을 더 적극적으로 공략해서 추위와 눈이 주는 불리함을 상쇄하자는 것이었다. 일리 있는 의견이었으나 나는 그 제안을 기각했다. 북동쪽 마을 어귀와 방목지 주변을 제 영토로 삼고 있는 곰 무리와 충돌할 가능성이 있었고 무엇보다 인간에게 상당히 가까워지는 자리였다. 무리의 안전에 위협이 될 만한 요소를 감당하면서 팽창을 노릴 때는 아니라고 판단했다. 나로서는 두부의 뱃속에서 꿈틀대기 시작한 새끼들을 생각하지 않을 수 없었다. 나를 닮은 새끼들이 무사히 자라나고 다음번 수노루의 뿔이 떨어지는 시간이 온다면 그때는 더 공격적인 태도를 보여도 될 것이다. 대신 바람이 선선해지고 골짜기가 불그죽죽한 색으로 뒤덮이는 지금, 새끼 노루들이 살이 제법 오른 시기에 맞춰 너른 산자락의 더 높은 곳에 진출해보기로 했다.

***

"내가 자꾸 뒤로 처지네. 다들 먼저 빨리 가. 금방 따라갈게."

점점 불러오는 배로 움직이기 거북해진 두부가 미안한 감정을 괜스레 드러내며 난처한 표정을 지었다. 이제 정면에서 봐도 판판한 가슴팍 아래로 쳐진 아랫배가 어른거릴 정도로 새끼들이 자라났다. 젖도 여물기 시작해 가지런한 하얀 털들 위로 선홍색 젖꼭지가 툭툭 불거져 올라왔다. 나는 맨 앞에서 걷다가 배수로 옆 쓰러진 나무를 짚고 말없이 뒤를 돌아보았다.

"아휴~ 몸이 무거우면 그럴 수도 있지. 신경 쓸 거 없어. 어차피 뜀박질은 우리 잘나신 수컷들께서 하실 테니까. 우리는 맛나게 잡수기만 하면 돼."

두부보다 살짝 앞서 걷고 있던 만두가 낄낄대며 동료를 위로했다. 푼수처럼 히죽거리며 짧은 다리로 종종거리는 모습이 경박하지만, 만두는 생각보다 복잡한 개다. 그녀는 그녀가 기억하는 것만으로도 주인이 적어도 네댓 번 바뀌었다. 마지막 주인에게 버려지기 전, 그녀는 오갈 데 없는 개들이 단체로 철장에서 부대끼는 곳에 살았는데 얼마 뒤 그곳에서 그녀의 배를 갈랐다고 했다. 그 이후로 그녀는 음부에서 피를 흘리는 법이 없었지만, 그녀 스스로 암컷이라고 인식하고 있었다.

"어디서 공짜밥을 먹으려고 뻥끼를 치고 있는 거야? 노루 똥만 한 녀석이!"

내 바로 뒤에서 걷던 쫑이 이기지도 못할 시비를 걸어댔다.

"뭐? 노루 똥? 너는 이렇게 큰 노루 똥 본 적 있냐? 지 생긴 건 굶어 디지기 직전 까투리처럼 생겨 가지고…."

만두의 걸쭉한 욕지거리는 쉬지 않고 이어졌고 좋은 못 들은 체 걸음을 재촉했다. 만두의 신랄한 입담이 그녀의 정신 사나운 과거에서 비롯되었을 거라 짐작하여 우리는 크게 불만을 느끼지 않았다. 오히려 그런 부산스러움이 무리에게 활력이 되는 것을 인정했다.

우리는 도로 아래 배수로를 타고 걷다가 점차 서쪽으로 방향을 틀어 본격적으로 경사를 오르기 시작했다. 북쪽으로 계속 올라가다가 계곡을 타고 가는 경로도 있었으나 몸이 부해져서 힘들어하는 두부에게 사나운 바윗길은 쉽지 않을 것 같았다. 도로에서 얼마 떨어지지 않은 곳에 산담을 두른 무덤들이 옹기종기 모여 있는데 그쪽은 경사가 그리 급하지 않아서 어렵지 않게 통과할 수 있었다. 산담이 끝나는 가장자리에 나의 지배를 공표하는 오줌을 한 방 싸고 뒷발로 세차게 주변 흙을 긁어댔다. 뒤따르는 무리가 차례로 서약하듯 오줌 눈 자리에 코를 킁킁거렸다. 굴거리나무가 군락을 이루고 있는 낮은 비탈을 넘으면 연못이 있는 오름 아래로 완만한 언덕이 나왔다. 큰 나무가 빽빽하지 않아 키 작은 나무와 풀 따위가 자라기 알맞은 자리인데 어미 노루들이 제 새끼들을 거느리고 식사를 하는 곳이었다.

둘러싼 나무들의 키가 줄어듦에 따라 서서히 자세를 낮춰가던 중 텁텁하고 시큼한 냄새가 올라왔다. 나는 뒤따르는 무리 외에 다른 생명체에게 혹시라도 들킬까 봐 속삭였다.

"노루 똥이다!"

언뜻 나무 열매처럼 생긴 것들이 널려있는 모양은 꼭 서리태 한 줌을 뿌려놓은 것 같았다. 쫑이 주책맞게 똥 위에서 몸을 뒹굴려는 것을 만두가 제지했다. 오밀조밀 모여있는 똥들에서 미약한 온기가 느껴져 나는 덤불 너머 노루의 존재를 확신했다. 다행히 골짜기를 타고 내려오는 바람이 죽어 있어 노루들은 아직 우리의 추적을 눈치채지 못했으리라. 나는 조릿대가 우거진 곳으로 기어서 들어가 무리를 모으고 지시를 내렸다.

"평소와 같지만, 오늘은 역할을 조금 바꾼다. 두부는 몰이가 힘드니 계곡 쪽으로 먼저 내려가서 대기하고 있다가 노루가 내려오면 앞을 막아. 오늘은 만두가 측면에서 도망치는 노루의 방향을 계곡 쪽으로 유도한다. 나와 쫑이 간격을 두고 노루를 산비탈로 몰아붙이겠다."

모두 이 순간만큼은 결연하게 내 지시에 귀를 기울이고 있었다.

"어미와 새끼가 있는데 만약 다른 방향으로 도망치면 새끼에 집중한다. 만두는 노루가 계곡에 몰리면 바로 쫑 옆으로 붙어서 포위망을 좁히고 쫑은 나와 너무 떨어져서 노루들이 반대로 튀지 않도록 주의해. 두부는 괜히 서둘러 쫓다가 놓치지 말고 계곡에 내려온 노루가 앞으로 가지 못하게 겁만 주도록 해."

작전 하달이 끝나자 다들 자기 위치를 잡기 위해 은밀하게 움직였다. 노루들이 머물고 있을 것이라 짐작하고 있는 언덕 북쪽으로는 내리막길이 펼쳐지다가 오름의 줄기를 따라 패인 계곡이 있었다. 제법 큼직한 돌덩이들이 불규칙하게 엉겨 있어 재빠른 노루의 발을 묶기에 최적이었다. 우리는 경험적으로 오르막길에서 노루를 쫓는 것보다 내려다보며 모는 게 쉽다는 것을 알고 있었다. 추격 중 노루의 뒷다리를 움킬 수 있다면 최선이고 측면에 매복해있던 무리에 잡혀도 좋았다. 매복마저 회피해도 계곡에서 포위하면 된다. 간혹 놀란 노루가 발을 헛디뎌 계곡의 돌무더기에 자기 혼자 대가리를 처박고 죽기도 하니 우리로선 가장 성공 가능성이 큰 전략이었다.

나와 쫑은 일정 거리를 유지한 채 조릿대가 우거진 곳을 조심스럽게 지났다. 간헐적으로 나뭇가지가 딱딱거리는 소리가 나는 쪽에 노루들이 있었다. 숫자는 얼추 대여섯 마리 정도. 가장 높은 위치에 뿔의 갈래가 두 개인 수컷이 나무줄기를 뜯고 있었고 아래로 암컷들이 간격을 두고 땅바닥을 훑거나 여린 나뭇가지를 우물거리고 있었다. 새끼는 두 마리. 이제 젖을 뗐는지 몸통에 흰 점들도 보이지 않고 제 어미들을 따라 흙 속의 여린 순들을 찾고 있었다. 나와 쫑은 무리의 맨 오른편에 있는 어미와 새끼를 노리기로 했다. 상대적으로 수컷 노루에게서 멀었고 만두와 두부가 매복한 위치에는 가까웠다.

신호에 맞춰 우리 둘은 동시에 성큼성큼 조릿대 숲 바깥으로 나서기 시작했다. 자세를 한껏 낮추고 머리와 꼬리까지 몸을 일직선으로 하여 속도를 내기 위한 준비를 했다.

"과왁, 과와~악!"

순간 우리를 발견한 수컷의 경고음이 터져 나왔다. 놀라서 울부짖는 소리가 꼭 개들이 짖는 소리를 닮은 것이 묘했으나, 괴상한 울음소리와 함께 약속이라도 한 듯 노루들이 사방으로 튀어 나가면서 나도 잡생각에 빠질 겨를이 없었다. 뒷다리 힘줄과 근육에 강한 부하가 걸리면서 나와 쫑은 크게 오른쪽으로 돌아 달려 나갔다. 예상대로 애초 노렸던 어미와 새끼가 만두가 있는 곳으로 껑충거리며 도망쳤다. 계곡과 내리막 비탈 사이 덤불에 몸을 낮추고 있던 만두가 요란한 부스럭 소리를 듣고 불쑥 튀어나왔다. 당황한 어미 노루는 앞발을 들고 좌우를 두리번거리다가 이내 필사적으로 도약해 나무뿌리가 드러난 비탈을 뛰어 올라갔다. 만두가 어미 노루의 뒤꿈치를 노렸지만, 궁지에 몰린 노루의 움직임은 참으로 날랬다.

그러나 새끼 노루는 그러지 못했다. 아직 어미보다 다리가 짧아 높게 뛰어오를 수 없었던 새끼는 급히 되돌아가다 비탈 아래로 뛰어 내려오는 나와 쫑을 발견했다. 당황한 새끼는 덤불을 비집고 계곡 아래로 향했다. 계곡 저편에서는 바위 사이에 엎드려 있던 두부가 어슬렁어슬렁 이쪽으로 포위를 좁혀오기 시작했다.

"워억! 구워억!"

높은 곳으로 올라가 풀숲에 숨은 어미가 새끼를 부르는 소리가 계곡에 울렸다. 비명인지 구조요청인지 알 수 없는 새끼의 삑삑 소리가 들리는 쪽으로 우리는 모여들었다. 어느샌가 눈치 없는 손님인 까마귀 떼가 깍깍거리며 계곡 주변으로 뻗은 시뻘건 단풍나무 가지에 앉아 있었다. 기묘한 합창 소리를 배경으로 우리 무리는 식사를 준비했다. 새끼 노루는 허둥지둥 계곡을 내려가다가 뒷다리가 돌무더기 틈에 끼어 버둥거리고 있었다. 우리가 다가갈수록 삑삑거리는 소리는 빠르고 거세져 이미 화음이 깨져 있었다.

나는 숨을 헐떡거리는 무리의 구성원들에게 눈인사를 나누고 버둥대는 새끼 노루의 몸통을 앞발로 사정없이 누른 채 아랫배 쪽 가장 약한 피부를 물어뜯었다. 이제 막 젖을 뗀 새끼 노루의 창자는 비릿함이 없이 맑은 맛이었다. 주둥이에 핏물을 가득 머금고 나는 다른 때보다 이르게 사냥감에서 물러섰다. 버거운 몸으로 제 역할을 다한 두부가 제 차례가 오자 다가섰다. 뱃속의 새끼들 몫까지 주렸을 그녀는 서둘러 연한 갈빗대와 창자를 뜯어먹기 시작했다. 초점을 잃은 새끼 노루의 눈알에 새빨간 핏대가 나뭇가지처럼 서려 있었다. 그 붉은 나뭇가지 위에 커다란 몸집의 누런 개 한 마리가 걸려 있었다.

입가에 젖은 핏물을 혀로 쓸어내며 나는 무리가 식사하는 모습을 만족스럽게 바라보았다. 내 새끼를 먹이기 위해 남의 새끼를 먹어야 하는 것이 산의 섭리이자 우리가 작동하는 방식이다. 더 이상 어미 노루의 애처롭게 괴상한 울음소리는 들리지 않았다. 까마귀 떼만이 지겨운 독창을 이어가고 있었다.

* * *

돌아갈 때는 계곡을 따라 움직였다. 모두 배부를 만큼은 아니었지만 나쁘지 않은 식사였고 두부도 제법 기운 난 듯 보여 지름길을 택했다. 징그럽게 보채던 까마귀들이 우리가 물러난 자리에 내려앉았다. 계곡은 우리의 근거지 바로 앞까지 이어져 있었지만 아래로 내려갈수록 깊이 패어있어 마냥 쉬운 길은 아니었다. 아스팔트 도로가 계곡 위를 지나는 지점 전에 다시 숲으로 올라와 도로를 건너가는 것이 더 빨랐다. 무리에게 익숙한 길이었기에 나는 뒤를 재촉하지 않고 가벼이 발걸음을 옮겼다. 식사를 마친 까마귀들이 노루 맛을 품평이라도 하듯 저희끼리 지저귀며 무리의 뒤를 따랐다. 기분이 좋아진 쫑이 긴 다리를 한껏 뽐내며 돌무더기 사이를 가뿐하게 뛰어넘었다. 힘이 난 두부와 만두도 거리를 지나치게 벌리지 않고 딱 좋은 모양새로 바위 사이를 지나왔다. 나는 돌아가는 길에 펼쳐진 말 방목지 근처를 조심스럽게 훑어볼 생각이었다. 초지 옆 담벼락 주변에서 대가리를 박고 꿈틀거리는 꿩 한 마리라도 보이면 잡아볼 참이었다.

두부가 몸을 풀고 새끼들에게 묶이기 전에 최대한 무리의 힘을 비축해야 했다. 서리가 내리기 시작하자 산에 사는 짐승들은 본능적으로 먹기에 집착했다. 모든 짐승이 곧 눈이 쌓이면 지금보다는 확실히 먹는 문제가 고달파지는 것을 알고 있기 때문일 것이다. 날아다니는 것들도 기어 다니는 것들도 온통 무언가를 부지런히 처먹기 바빴고 먹기에 집착할수록 성깔들이 드세졌다. 산짐승들은 배가 고파 사나웠고 배가 고플까봐 사나워졌다.

특히 가끔 마주치는 멧돼지는 저들끼리 교미하는 시기가되자 그렇지 않아도 더러운 성격이 위험할 정도가 되었다. 멧돼지의 흔적을 발견하거나 우연히 만나게 되면 나는 우회하여서로 자극하지 않으려고 하는 편이었는데, 낙엽이 내리는 때가 되면 수컷으로 보이는 멧돼지가 덤불을 난폭하게 헤치고돌진하는 경우가 더러 있었다. 그래서 배가 불러오는 두부에게 더더욱 조심할 것을 강조했다. 내가 곰과 같은 패거리였던 시절, 무리는 제법 젊고 날랜 수컷들로 구성되어 있었다. 그때 멧돼지를 노려본 적이 있었으나 그 이후로 다시는 그런 어리석은 선택을 하지 않았다. 멧돼지와 개들은 딱히 먹고 먹히지 않고 먹을 것을 두고 경쟁하는 관계도 아니었으나 서로를 적대했다. 마치 하늘과 산이 생길 때부터 얻어진 사명처럼 서로 두려워했다. 어쩌면 이 거대한 산을 두고 경쟁하기라도 하듯, 나는 멧돼지들이 껄끄러웠고 그들도 마찬가지일 것이라 느꼈다. 두부의 뱃속에서 꾸물거리고 있을 새끼들이 다 자라났을 때, 산의 왕좌를 놓고 멧돼지와 대결을 벌여봄 직하겠다는 즐거운 상상을 하며 나는 도로 위로 천천히 올라섰다.

도롯가에는 짙은 갈색 털로 덮인 작은 짐승이 하나 앉아 있었다. 내내 멧돼지 생각을 하다가 눈에 띄어서 그런지 나는 순간 그것이 멧돼지 새끼인 줄 알고 반가웠다. 그것과 나의 거리가 좁혀질수록 멧돼지라고 봐줄 수 없는 초라한 개 한 마리의 모습이 분명해졌다. 몸집은 무리에서 가장 작은 만두보다도 훨씬 작았으며 살짝 붉은빛이 도는 듯한 짙은 갈색 털이 꼬불거리며 전신을 가리고 있었다. 그것은 나와 무리가 서서히 제 곁으로 움직이자 온몸을 부르르 떨며 뒷걸음질 쳤다. 만두의 것처럼 생기다가 만 꼬리를 가랑이 사이에 끼우고 옹색한 털을 세우려는 모습이 가소로웠다.

조금 더 다가가 찬찬히 보니 녀석의 모습을 몇 번 마주친 기억이 있었다. 쇠사슬과 달리 따뜻해 보이는 가늘고 친절한 줄을 달고 인간을 따라서 도도하게 걸어가던 그 모습. 나는 그 요사스러운 걸음새가 맘에 들지 않았다. 이 녀석도 인간이 애지중지 아끼던 장난감이었을 것이다. 물론 이 깊은 숲속 길에 버려지기 전까지. 나는 더 이상 다가가지 않고 친절하지 않은 눈빛으로 녀석을 내려다보았다. 우리들의 후각이 녀석을 수컷으로 판단하자 내 뒤에서 걷던 쫑이 신경질적인 걸음으로 나섰다. 앞서 새끼 노루를 취하지 않았더라면 이 녀석을 잡았을지 궁금해하며 나는 쫑을 딱히 제지하지 않았다. 쫑이 이빨을 살짝 드러내자 녀석은 그 추레한 꼬리를 아예 갈비뼈 근처까지 끌어당기며 몸을 제 털처럼 둥글게 말고 떨었다.

"아… 안녕, 나는… **초코**라고 해."

겁먹은 조그만 짐승은 가늘게 낑낑거리면서 비굴하게 말을 걸어왔다. 쫑은 여전히 낮게 으르렁거렸고 만두가 우리 옆을 돌아 다가오기 시작했다. 초코도 인간들이 즐겨 먹는 음식 중 하나라고 이전 패거리에서 만났던 개 한 마리가 저를 소개하며 얘기해줬다. 이 녀석도 저를 키우던 인간이 그런 이름을 붙인 모양이었다.

'초코, 만두, 두부, 보리, 크림, 인절미….'

인간들은 왜 개들 이름을 항상 먹을 것으로 짓는지 나는 이해할 수가 없었다. 먹을 것만큼 소중하고 필요하다는 의미를 담은 살가운 배려인가? 아니면 언젠가는 먹어 치우겠다는 사특한 다짐인가? 아니, 애초에 우리에게 이름을 지으려고 하는 것 자체를 이해하기 힘들었다. 그들은 이름이란 것으로 우리를 정형화하고 익숙하고 친근한 것으로 받아들이고 싶었는지 모른다. 개를 개 자체로 보는 방법을 이미 잊어버렸거나 그런 작위적 친근함에 기대지 않고는 우리의 이빨과 발톱을 두려워하는 마음이 들킬까 봐 그럴 것이다. 그러한 생각이 순간을 지날 때 녀석이 힘들게 말을 이어갔다. 겁에 질리다 못해 목구멍이 막혀버린 것처럼 소리가 새고 있었다.

"만… 만나서… 반가워. 너희는 이… 이름이 뭐야?"

어이가 없어져 좋은 고개를 들고 내 쪽을 돌아봤고 만두는 이죽거리며 녀석 옆으로 섰다.

"면장, 이러면 꿩 대신 초코인가?"
"노루 똥만 해서 먹을 것도 없겠는데? 밭, 어떻게 할까?"

이미 진지함을 잃어버린 쫑과 만두가 차례로 물었다. 나는 살짝 미간을 구기고 둘을 지나쳐 초코라는 작은 개 앞으로 갔다. 새끼들 때문에 경계심이 많아진 두부는 몇 걸음 떨어져 상황을 지켜보고 있었다.

"여기서 뭐 하고 있는 거냐?"

나는 나름 최대한 부드러움을 섞어 물었다. 더 단호하게 나갔다가는 저놈의 겁이 끝내 제 목구멍을 막아 질식하게 할 것 같았다.

"엄마를 기다리고 있어! 혹시 하얀색 차 못 봤어? 우리 엄마랑 타고 왔어!"

녀석은 나의 작은 호의에 감동했는지 몸을 조금 풀고 떠들기 시작했다. 이제 쫑과 만두는 거의 웃다 뒤집힐 지경에 이르렀고 나는 어디서 몇 번 본 듯한 개가 어디서 분명히 들어본 듯한 말을 지껄이는 것을 조용히 지켜보았다. 놔두면 하소연으로 번질 게 뻔했기에 나는 이번에는 단호하게 녀석의 말을 잘랐다.

"하얀색 차는 어디에나 있다. 넌 버려진 거다."

인간의 발걸음에 맞춰 총총거리며 걷던, 초코 녀석처럼 생겨 먹은 것들의 오만을 마침내 징벌한 듯한 통쾌함이 잠시 느껴졌다. 녀석은 잠시 멍해지더니 이내 했던 말을 반복하기 시작했다.

"아니… 내 이름은 초코라고 해. 엄마를 기다리고 있어. 하얀색 차를…."

"어이, 쥐새끼처럼 생긴 개. 네 엄마가 너를 버렸다니까. 모르겠어?"

쫑이 답답했는지 신경질을 부리며 다시 녀석의 말을 끊었다. 이제 녀석은 우리의 존재로 인한 것이 아닌 제 내면의 두려움에 목구멍이 막혀 가면서 비명에 가깝게 끙끙대기 시작했다. 만두는 더 이상 듣기 싫다는 듯 뒤로 물러났다. 만두를 살피던 내 시선이 그녀가 가는 방향 쪽에 앉아 있는 두부에게 가서 닿았다. 이제 좀 숨을 돌렸는지 차분해진 눈으로 나를 줄곧 보고 있었다. 오래전 두부는 하얀 눈 위에 지금처럼 우두커니 앉아 있었다. 이제 그녀는 붉은 숲이 드리운 그늘에서 불뚝한 배를 땅에 놓은 채 그러고 있었다.

"너희 엄마는 돌아오지 않을 거다. 살고 싶으면 인정해야 할 거야."

새어 나오는 신음에 맞춰 이제 오줌까지 찔끔거리는 초코에게 나는 타이르듯 얘기했다.

"돌아가자. 길 위에 너무 오래 있어서 위험하다."

우리 무리는 다시 가던 길을 재촉했다. 차도에 몰려 있는 행동은 실제로 위험했다. 내심 초코 녀석이 길에서 비켜 있으라는 내 의도를 알아차리길 바랐다. 녀석은 무리가 되기에는 너무 약한 개였다. 작고 초라한 몸뚱이는 적게 먹긴 하겠지만 그다지 도움이 될 만한 부분이 없었다. 조그만 이빨이 달린 저 얄팍한 주둥이로 도대체 무엇을 움켜쥐겠는가? 들쥐나 작은 새 따위를 빼고는 딱히 떠오르는 게 없었다. 그 정도로 자기 혼자 먹고살 수는 있을지 몰라도 무리에겐 쓸모가 없었다.

초코를 키웠던 인간은 어지간히 녀석에게 신경을 쓴 모양이다. 그렇지 않고서야 이런 깊은 산길에 녀석이 돌아오지 못할 것까지 계산하여 버려두는 정성을 쏟았을까? 그런 관심을 받은 초코는 우리 무리와 달리 누군가에게 참 소중한 존재였다. 그러나 그 지극한 관심으로 녀석은 곧 죽을 것이고 한때 우리들의 목줄을 쥐고 있던 인간들의 무관심으로 우리는 살 것이다. 어울리지 않는 곳에 던져진 녀석보다야 우리의 미래가 더 분명했다. 산에 버려진 귀염둥이들의 일관된 최후를 나는 자주 목격할 수 있었다. 나는 녀석을 무리에 받아들이지 않았다. 나와 무리가 누리는 자유는 철저한 긴장감 아래 구축된 것이기에 그것을 무너뜨릴 만한 요소를 감당할 여유 따윈 없었다. 두부의 옆구리에 내 옆구리를 살며시 비비고 우리는 점점 더 숲속으로 들어갔다. 후미에 있던 만두 뒤로 작은 짐승이 덤불을 헤치고 따라오는 소리가 들렸다. 성질 급한 쫑이 꼬리를 빳빳이 하고 뒤돌아보려는 것을 그만두게 했다. 나의 무관심이 초코 녀석의 시간을 늘리는 데 도움이 될지도 모를 일이었다.

# 처음이었던 것들

조그맣고 오동통한 것들이 꾸물거리며 두부의 품 안에서 서로 뒤엉켜 있었다. 새끼들은 눈이 내리는 날 두부의 몸 밖으로 나왔다. 선득한 새벽, 온통 푸른색으로 물든 숲 위로 하얀 점들이 보드랍게 떨어지고 있었다. 삼나무 장막 사이를 쓸고 다니던 바람이 조금 잠잠해져 그리 매몰차지 않았던 날이었다. 나는 두부를 나무뿌리가 드러난 돌무더기 아래 굴처럼 생긴 아늑한 곳에 있게 했다. 한밤중부터 아랫배에 불편함을 느끼던 두부는 꽤 신경질적이었다. 연신 뒤를 핥다가 내가 조금이라도 고개를 들이밀면 앞니를 드러내면서 거부했다.

나답지 않게 어수룩하게 되어서 마른 코끝을 혀로 적시고만 있었다. 나는 결국 애써 준비한 보금자리에서 쫓겨나 두부의 신경질이 닿지 않는 곳에 앉았다. 그녀와 새끼들로부터 너무 멀지 않았으면 하는 마음에 자꾸 굴 쪽을 바라보았다. 굴 앞에 드리워진 뿌리 표면에 눈송이가 조용히 내려앉을 때마다 두부의 앓는 소리가 낮게 깔려 들려왔다. 내가 참여한 생명들이 비로소 모습을 드러내는 시간에 나는 더 이상 참여할 수가 없었다. 나의 어떤 행동이나 의지도 영향이 없음을 깨닫게 되니 그런 결과적 무력감에 초조해졌다. 두부는 나의 씨를 받은 탓으로 그녀 자신을 괴롭히는 새로운 것들과 줄다리기하는 중이었다. 콧방울은 어쩐지 계속 말라 나는 애꿎은 혓바닥만 위아래로 부지런히 움직일 뿐이었다. 어설프게 땅에 닿은 눈송이는 다음 눈송이가 내려와 닿기 전에 녹아 버렸다. 안타까운 눈송이의 순환에 한참 넋을 놓고 있을 때 굴 안쪽에서 두부가 몸을 뒤척이는 소리와 무언가를 격하게 핥는 소리가 들려왔다. 나는 그제야 몸을 일으켜 살금살금 굴 쪽으로 다가갔다.

두부가 다시 성질을 부리지 않을까 하는 망설임보다 듬성듬성 전해오는 비릿한 태반 냄새가 내 걸음을 더 엄숙하게 만들었다. 스며드는 여명에 맞춰 나는 귀를 머리 뒤쪽으로 접고 굴 안으로 머리를 들이밀었다. 기진한 두부가 앞다리를 늘어뜨리고 고개만 돌려 열심히 새끼들을 핥고 있었다. 순하지만 강인한 그녀는 어느새 새끼들과 자신의 뱃속을 이었던 줄을 말끔히 정리하고 있었다. 축축하게 젖은 덩어리들이 기어간다고 보기에도 서툰 몸부림을 하며 제 어미 품을 찾아 파고들었다. 하나, 둘, 셋, 넷. 모두 네 마리의 강아지들이었다. 나와 두부의 첫 새끼들이었다.

나는 거의 반사적으로 굴 밖으로 뛰쳐나왔다. 두부의 치열하고 외로웠던 시간에 대해 보상해야 했다. 나의 몸을 가져다 문지르는 실속 없는 치하가 아닌 실제적이고 유익한 것을 그녀는 마땅히 받아야 했다. 신선한 고깃덩어리를 그녀에게 가져다주는 것이 내가 할 수 있는 최선임을 바로 알았다. 덤불 하나 너머에서 쉬고 있던 쫑과 만두가 내 바지런한 움직임에 반응하여 서둘러 다가왔다.

"태어났다. 모두 네 마리다."

그들이 묻기 전에 나는 먼저 대답했다. 출산이 임박하면서 유난히 날카로워진 두부를 대하기 껄끄러웠던 그들도 한시름 던 듯 보였다.

"오오! 면장, 축하해. 무리에 경사가 났네."

"정말 축하해. 두부는 괜찮아? 새끼들은 어때? 수컷은 몇 마리야?"

둘 다 신이 나서 나를 둘러싸고 재잘거렸다. 막상 한 것이 없던 나는 그들의 축하가 쑥스러웠다.

"아직 암수는 확인 못 했어. 그보다 사냥을 서둘러야 할 것 같다."

눈치 빠른 만두가 내 마음을 알아차렸는지 거들었다.

"맞아. 두부가 힘을 많이 썼을 텐데 새끼들 젖 물리려면 빨리 먹이를 찾자."

"그럼 어서 출발하자고. 해가 완전히 뜨기 전에 한탕 해야지!"

쫑도 긴 몸뚱이로 기지개를 쭉 켜며 동의했다. 나는 삼나무 밑동에 오줌을 길게 싸고 힘차게 뒷발질했다.

"이제 노루들이 제법 아래쪽으로 내려왔으니 오래 이동하지 않고도 사냥감을 찾을 수 있을 거다. 말 방목지 남쪽에 있는 오름 기슭으로 가보자."

우리는 빠르게 갈 수 있는 길을 잡아 움직였다. 낯익은 돌과 나무뿐이었다. 동틀녘의 어스름은 우리 무리의 빠른 진격에 아무런 방해가 되지 못했다. 이날의 사냥은 전에 없을 정도로 신속하고 정확하게 끝났다. 내 예상대로 추위와 함께 산 아래로 내려오기 시작한 노루들은 도로와 방목지 울타리 경계에 막혀 삼삼오오 모여 있었다. 쫑과 만두가 울타리를 빙 돌아 몰이를 시작했고 도로 쪽 수로에서 매복해 있던 내가 추격에 가담하여 지친 노루의 뒤를 잡았다. 노루의 허벅다리에 어금니를 꽂아 쓰러뜨린 후, 다른 때와 달리 목덜미를 물어 숨통이 끊어지는 것을 신중하게 확인했다. 조그마한 뿔이 이제 막 떨어져 뭉툭한 것이 솟아 있는 어린 수컷 노루였다. 대충 내장으로 허기를 채운 뒤, 쫑과 만두를 배불리 먹게 했다. 물론 두부를 위한 허벅다리 한쪽을 뜯어낸 뒤였다. 만두가 갈빗대 사이 붙은 고기를 알뜰하게 발라 먹는 사이, 쫑이 덤불 뒤로 움직임을 감지하고 보고했다.

"면장, 저 녀석 아직도 따라다니는걸?"

쫑이 가리킨 마른 가지 덤불 뒤로 초췌한 짐승의 모습이 언뜻 보였다. 꼬부랑 털이 자라면서 뒤엉켜 도저히 못 봐주게 되어버린 초코였다. 길가에서 발견한 이후로 녀석은 우리 무리를 따라다녔다. 내가 무리의 보금자리에 다가오는 것은 허락하지 않았으므로 녀석은 버려졌던 길가 근처 덤불에서 숨어있다가 이따금 우리가 움직이면 멀찍이 거리를 유지하며 쫓아왔다. 무언가를 능동적으로 사냥할 힘과 기술이 없는 녀석은 가녀린 주둥이로 우리가 남긴 사냥감을 뒤적거렸다. 그의 생명을 받아낼 여유와 근거는 없었으나 우리에게 위협은 되지 않기에 나는 특별히 녀석을 몰아내지 않았다.

그러나 이제 상황은 달라졌다. 우리 무리는 이제 먹이고 지켜야 할 강아지가 넷이나 생겼다. 새끼들이 젖을 떼기 전까지 두부는 적극적으로 움직이기 힘들었다. 위험이 될 만한 요소를 판단하는 기준은 더 옹졸해졌다. 식사를 끝낸 만두에게 녀석을 데려올 것을 지시했다. 그녀가 가는 것이 쫑이나 내가 접근하는 것보다 덜 위협적일 것으로 생각되었다.

"면장, 어떻게 할 생각이야?"

쫑이 갑작스러운 나의 태도 변화에 의아해하며 물었다. 나는 두부를 위해 챙겨둔 노루 뒷다리를 한쪽으로 치우며 대답했다.

"녀석을 마을에다 데려다 놔야겠어. 어차피 여기서는 살지 못할 테니."

"엥? 우리가 그렇게까지 해줄 필요가 있나? 어차피 죽을걸."

"지금처럼 우리를 따라다니면 나중에 곤란해질 수 있을 것 같다. 눈이 오기 시작했으니 억새밭 분위기도 볼 겸 가서 놔두고 오자."

"하긴 이제 우리도 슬슬 내려갈 준비를 해야지. 겸사겸사 그래도 되겠네."

우리가 짧은 대화를 하는 사이, 만두가 초코를 데려왔다. 가까이서 보니 꼬불꼬불한 털 뭉치 사이마다 궁색함이 잔뜩 끼어 있었다. 아무래도 제대로 먹지 못하기 때문인지 코는 이미 윤기를 잃었고 눈에는 찐득한 눈곱이 가득했다.

"안녕… 왜… 오라고 했어?"

초코 녀석은 여전한 소심함 속에 꼬리를 내리고 중얼거리듯 물었다. 감히 소화하지도 못할 노루 뒷다리에서 눈을 떼지 못하는 녀석의 미련함이 못마땅해서 앞발로 우악스럽게 두부 몫의 고기를 찍어 눌렀다.

"일단 먹어라. 얼마 없지만 네가 충분히 배를 채울 정도는 될 거다."

내 말을 들은 쫑과 만두가 죽은 노루에게서 한걸음 물러서 초코가 다가올 수 있게 했다. 오랜만에 받은 호의가 당황스러운지 초코는 우물쭈물하고 있었다.

"어서 먹는 게 좋을 거다. 우리가 있으니 까마귀도 오지 않고."

어느샌가 노루 피 냄새를 귀신같이 맡고 몰려든 까마귀들이 울타리 주위에 붙어 있었다. 초코는 다시 한번 우리의 눈치를 보더니 이내 벌려진 노루 배 속에 대가리를 박고 게걸스럽게 핥아대기 시작했다. 내 추측대로 녀석은 이빨과 턱을 제대로 사용하지 못했다. 인간들이 주는 부드러운 사료에 길들여져 그런 것이리라. 남은 내장 쪼가리를 열심히 훑다가 욕심을 내어 뼈에 붙은 고기를 물고 늘어졌지만, 녀석은 죽은 노루 한 마리마저 어찌할 만한 힘이 없었다. 낑낑대는 꼬락서니가 눈꼴시면서도 개로서 응당 지녀야 할 것을 모두 빼앗긴 무력한 짐승에 측은한 마음이 들었다. 녀석이 식사를 마치는 것을 기다리다간 끝이 없을 것으로 보여 나는 말을 이었다.

"얼추 다 먹으면 너를 산 아래에 있는 마을로 데려다주겠다."

이미 죽어 눈동자를 뒤집고 있는 노루와 사랑이라도 나누는 것인지 초코 녀석은 내 말에 대꾸도 하지 않고 더욱 열중해서 온기가 남은 사체를 탐하고 있었다.

"너는 어차피 산에서 살지 못할 팔자다. 마을로 가자."

배가 차면서 정신이 돌아온 것인지 조잡한 얼굴에 피를 잔뜩 묻힌 초코가 나를 빤히 올려다보면서 물었다.

"거기 가면… 엄마를 찾을 수 있을까? 집으로 갈 수 있을까?"

옆에서 듣던 좋이 어이가 없는지 찢어지게 하품을 하고 내 곁으로 와 앉았다.

'이 짐승은 정말 살지 못하겠구나.'

단념에 가까운 생각이 스치며 나는 강아지를 어르려는 듯 대답해주었다.

"아마 그곳에 네 엄마가 있을 수도 있다."

무관심으로 대하던 그에게 처음 관심을 두었다. 나의 관심이 녀석이 사는 것에 어떠한 영향을 줄지는 알 수 없었다. 다만 추레한 작은 짐승에게 희망이 다녀갔는지 녀석은 깡마른 웃음을 지어 보였다.

***

탐스러운 허벅다리를 입 안 가득 물고 나는 걸음을 재촉했다. 뒤쪽에서 말문이 터진 초코 녀석이 만두에게 쉬지 않고 지껄이고 있었다. 만두는 난적을 만났는지 그녀답지 않게 최소의 대꾸만 하면서 듣고만 있었다. 거지꼴을 한 수캐의 수다스러움이 우리의 복귀를 지체하는 것 같아 조금 짜증이 났다.

"여긴 너무 추워. 너희는 춥지 않니? 우리 집은 정말 따뜻한데. 집에 가면 장난감도 많고 간식도 많고 내 방석도 있어. 얼른 가고 싶다."

"그래, 그래. 좋겠다."

"너희들도 같이 갈래? 가면 내가 간식을 나눠줄게. 원래 남들은 안 주는데 너희는 나를 도와줬으니까 특별히 내가 잔뜩 줄게."

"아니, 우린 괜찮아. 너 많이 먹어."

골짜기를 따라 우거진 조릿대를 지나 산담이 이어진 비탈을 오를 때까지 초코는 주둥이를 좀처럼 닥치지 않았다. 제 몸집이 감당하기 버거운 험한 길이 나오자 그제야 말을 멈추고 낑낑대며 우리 뒤를 따랐다. 대답할 의무가 사라진 친절한 만두는 이제야 편안한 표정으로 걷기 시작했다. 물고 있는 노루 다리를 타고 끈적한 침이 흘러 턱을 흠뻑 적셨다. 나는 한숨 돌리고 싶어 잠시 고깃덩어리를 내려놓고 겨우 비탈에 붙어 있는 초코를 내려다보았다. 인제 보니 오른쪽 뒷다리가 조금 이상하게 바깥쪽으로 휘어져 있었다. 나는 짧고 가늘면서 비정상적인 녀석의 뒷다리와 튼실한 노루의 뒷다리를 번갈아 보았다. 거칠게 뜯어내어 너덜너덜해졌음에도 노루의 뒷다리는 금방이라도 뛰어나갈 것처럼 강건했다. 이렇게 강한 다리를 가진 노루도 목숨을 잃는데 저런 처량한 다리를 가진 작은 개가 살아남을 수 있겠는가? 나는 합리적인 이유로 초코의 생존 가능성을 다시 낮춰 잡았다. 나무뿌리 아래 자리 잡은 우리 굴이 보이기 시작하자 나는 무리를 멈춰 세웠다. 가뜩이나 새끼들로 예민해진 두부에게 낯선 존재로 말미암은 자극을 주고 싶지 않았다. 나는 다시 한번 고깃덩어리를 내려놓고 입을 열었다.

"굴에는 나 혼자 들어간다. 다들 좀 쉬고 있어."

쫑과 만두는 곧바로 알았다는 반응을 보이고 각자 즐겨하는 자리로 향했다. 예정에 없던 초코와 동행 때문인지 둘 다 여느 때보다 피곤해 보였다. 초코 녀석은 제 자리를 찾지 못하고 어색해하다가 굴에서 조금 떨어진 거리에 우거진 덤불 밑으로 기어들어 갔다. 초코가 엎드리는 것을 보고 난 후 나는 고깃덩어리를 물고 단숨에 굴로 뛰어갔다. 주린 두부에게 노루고기를 서둘러 먹이고 싶었고 각각의 존재를 구분할 겨를도 없었던 나의 새끼들이 보고 싶었다. 두부가 놀라지 않게 굴 바로 앞에서 보폭을 줄이고 천천히 들어갔다.

"밖에 낯선 냄새가 나던데 누구야?"

내 주둥이에 가득 찬 큼직한 고깃덩어리는 보이지도 않는지 두부는 예민하게 쏘아붙였다. 작은 감사라도 바랐던 나는 조금 서운해져 뒷다리를 무심하게 그녀 앞발치에 내려놓았다.

"초코라고. 전에 봤던 길가에 버려진 작은 개."
"그 개가 여긴 왜 왔어?"
"잠깐 데려왔어. 이따가 산 아래에 데려다 놓을 생각이다."

좀처럼 서운한 마음이 가시지 않아 나도 모르게 퉁명스럽게 대답했다. 새끼들이 그릉그릉거리며 어미를 보채는 소리가 들렸다. 두부가 새끼들이 깔리지 않게 조심스럽게 몸을 들어 앞으로 움직였다.

"고마워. 잘 먹을게."

그녀가 노루 뒷다리를 조금씩 뜯기 시작하자 안도할 수 있었다. 새끼를 낳은 후 그녀의 첫 식사를 최대한 방해하지 않고자 가까이 다가가지 않은 채 새끼들의 냄새를 들이마셨다. 새벽에 났던 비릿한 두부의 피 냄새는 옅어졌다. 대신 구릿한 두부의 침 냄새와 새끼들의 체취가 뒤섞여 살짝 고소한 냄새가 신경에 전해졌다. 아비를 진정시키는 새끼들의 기특한 냄새에 취해 이제는 흐릿해진 형제들과 엄마가 떠올랐다. 꼬물거리던 시절에 엄마에게 그랬듯이 두부의 품 안에 새끼들과 함께 파고들고 싶은 충동이 이는 순간, 두부가 이빨을 드러내고 사납게 으르렁거렸다. 재빨리 두부의 경계심이 향한 곳을 돌아보니 굴 입구에 초코 녀석이 멍청하게 서 있었다.

빛에 가려 형체만 보였지만 초라한 크기를 보니 그 망할 작은 짐승이 분명했다. 나는 분을 이기지 못하고 조악한 형체를 향해 돌진했다. 기겁한 초코는 죽는 소리를 내며 배를 보이고 뒤집어 굴렀다. 나는 하마터면 녀석을 세차게 물고 털어버릴 뻔했다. 산이 정한 바에 따르지 않고 간결하게 녀석의 생존에 대한 판결을 내릴 수 있었다. 녀석이 조금만 뻔뻔한 모습을 보이거나 뻗댔다면 나는 분명 그렇게 했을 것이다. 그러나 겁에 질려 미친 듯이 발광하는 꼴이 오히려 나의 분노를 멋쩍게 만들었다. 소란에 놀란 쫑과 두부가 서둘러 이쪽으로 건너왔다. 나는 찡그린 콧잔등을 풀지 않은 채 초코를 향해 남은 분노를 뿜어냈다.

"너란 놈은 말귀를 못 알아먹는구나!"
"미안해. 잘못했어. 살려줘. 미안해. 제발 살려줘."

쫑과 만두는 나의 처분을 조용히 기다리며 끼어들지 않았다. 초코 녀석이 하도 발광하여 얄팍하게 쌓인 낙엽이 옆으로 밀려 나갔다. 녀석은 거의 등을 문대서 땅을 파고들어 가고 있었다. 나는 인상을 다 풀지는 않은 채 몸을 살짝 뒤로 뺐다. 초코는 꼬불꼬불한 털조차 몇 없는 뱃가죽을 나를 향해 드러내고 그대로 얼어붙은 듯 누웠다.

"정말 대책 없는 개새끼구먼."

애초에 나보다 더 초코를 맘에 들어 하지 않았던 쫑이 비웃음을 띠고 침묵을 깼다. 만두는 한심한 듯 바라보다가 쫑의 말이 끝나자 바로 초코를 타박하기 시작했다.

"아니, 우리도 예민한 두부에게 가지 않는다. 너는 왜 말을 안 듣고 여기저기 기웃거리는 거야? 네가 이제 우리 무리라도 된다고 생각해?"

둘의 비난이 들리지 않는지 초코 녀석은 두려움에 정신이 나가 있었다. 정말로 혼이 빠져나간 돌이 되어버린 것처럼 미동도 하지 않았다. 열이 조금 식은 나는 표정을 풀고 녀석 주위를 잠시 어슬렁거리다 굴로 가는 방향을 막고 앉았다. 공포로 얼룩진 긴장이 조금씩 풀리자 돌처럼 굳어진 녀석도 조금씩 움찔거렸다.

"정말 미안해… 나는 새끼들이 있는지 몰랐어. 그냥 안이 궁금해서…."

배를 까고 누운 모양새를 유지하면서 초코는 좌우로 우리 눈치를 살폈다. 내가 분노를 거둔 것으로 느꼈는지 몸을 일으켜 재빨리 덤불 구석에 들어가 꼬리를 내리고 몸을 말았다.

"잘못했어… 새끼들 냄새가 나서 신기해서…. 너무 가까이 갔나 봐…. 우리 엄마도… 얼마 전에 새끼를 낳았거든…. 나도 보고 싶었는데 보여주지 않았어…. 그래서 막 떼쓰다가 혼나고…."

잠깐 멈췄던 인간 엄마 타령이 다시 시작되자 쫑은 진절머리가 난 듯 일어나 몸을 털었다.

"엄마의 새끼가 생기고 나랑 잘 놀아주지도 않고… 그러다 오랜만에 놀러 나온 건데… 나 먼저 차에서 내렸는데…."

초코는 설움에 빠져 웅얼거렸다. 겁에 질리고 슬픔에 빠진 작은 대가리가 그를 더 볼품없게 만들었다. 멧돼지 새끼랑 헷갈릴 만큼 조그마한 저 개는 다른 새끼들 때문에 반복해서 생존을 시험받고 있었다. 제아무리 작고 가냘프다고 해도 녀석의 생살여탈권을 쥔 존재들은 자신의 소중한 자식보다 그를 어여삐 여기지 않았다. 나는 녀석의 삶에 결정적인 역할을 하는 존재가 되는 것 자체를 피해 왔으나 내 새끼들을 위한 판단으로 어쩔 수 없이 그리되어 버렸다. 그리고 조금 전 일을 통해 그를 무리의 영역 바깥으로 유기하는 것이 합리적인 행동임을 확신했다. 나는 고개를 쳐들고 크게 하품해서 마음속에 남았던 화기를 빼냈다.

"죽이지 않을 테니 안심하고 쉬어라. 해가 떨어지기 전에 마을로 내려간다."

여전히 떨림이 가시지 않은 채로 무력하기 그지없는 작은 수캐는 덤불 속으로 몸을 더 깊게 파묻었다.

\* \* \*

어차피 한번은 마을 쪽에 다녀와야 했다. 산이 눈으로 뒤덮이는 시간이 오기 전에 억새밭을 둘러보고 혹시 침범한 다른 무리는 없는지 사냥과 주거 환경에 변화는 없는지 확인하는 작업이 필요했다. 앞선 소란으로 인한 흥분이 진정되기를 기다리느라 예정했던 때보다 조금 늦게 우리와 초코는 출발했다. 보금자리부터 북쪽으로 이어진 삼나무 숲이 비로소 끝나면 후박나무가 모여 있는 낮은 경사면이 나왔다. 그 아래에서 시작되는 비포장도로는 소들이 사는 축사를 지나 억새밭까지 이어져 있었다. 평소 인간들이나 차가 자주 왕래하는 곳이 아니기도 하고 잔뜩 주눅이 든 초코가 험로를 핑계로 굼뜨게 움직이는 것이 보기 싫어 우리는 과감하게 길 중앙을 따라 걸어 내려갔다. 마침 해가 넘어가기 시작해서 길은 예상보다 더 고요했다.

억새밭 너머에는 보리 따위를 심는 밭과 소규모 방목지들이 있는데 그 건너로 마을이 자리 잡고 있었다. 나는 억새밭을 확인하고 난 뒤, 밭 사이로 난 길을 통해 마을로 내려가는 방법을 초코에게 설명해주려 생각했다. 새벽녘부터 내린 눈이 이제 제법 쌓여서 마침 소들도 방목지에 나와 있지 않았다. 어떤 시선에서도 자유로워진 우리는 순조롭게 억새밭까지 내려왔다.

익숙한 그 자리에 도착한 순간, 나는 공간을 파악하는 능력에 문제가 생긴 것은 아닌지 강하게 자신을 의심했다. 도착한 곳에 억새밭은 없었다. 아니, 정확하게 얘기하면 억새는 있었지만 **더 이상 밭은 아니었다.** 무성하게 돋아 쉴 곳과 먹을 것을 쉬이 제공하던 억새들은 온데간데없고 검붉은 흙으로 다져진 맨땅만 있었다. 억새는 오직 자투리땅에 드문드문 남아 있을 뿐이었다. 오래전 마당에 있던 철장의 격자무늬 모양으로 얼마 되지 않은 돌담들이 맨땅을 종횡으로 나누고 있었다. 전에는 못 보던 포장도로가 돌담 앞으로 나 있는 것으로 보아 인간들이 여기에 무언가를 하는 것임이 틀림없었다. 나와 무리는 적잖이 당황하여 주변을 두리번거렸다. 부지런한 쫑은 황량해진 맨땅의 꼭짓점을 빠르게 돌며 그 억새밭이 맞는지 확인했고 만두는 돌담을 돌아 도로까지 내려가서 냄새를 맡았다. 어리둥절해하는 초코를 뒤로하고 나는 흙을 파헤쳐 냄새를 맡는 동시에 돌담 위로 올라가 건너편 마을이 보이는지 확인했다. 무성하게 덮여 우리의 모습을 가려주던 모든 것이 사라져버렸다. 황망한 땅 아래에서 나는 어떤 단서도 찾을 수 없었다. 다만 그 자리에서 그대로 보이는 마을을 확인하고 이 벌거벗은 곳이 내가 알던 그곳임을 어쩔 수 없이 인정했다.

우리는 어찌해도 이 땅에 억새를 다시 입혀줄 권능은 없으므로 초코를 데리고 마을 어귀 쪽으로 좀 더 내려가 보기로 했다. 당장 앞으로 계획에 차질이 생겨 머리가 지끈거렸다. 만삭인 두부를 챙기느라 얼마간 영토 순시를 제대로 하지 못한 것에 자책감이 들었다. 인간 냄새가 가까워지자 뒤에서 걷던 초코가 다시 뭐라 떠들기 시작했지만, 전혀 들리지 않았다.

마을의 첫 집에 딱 붙은 보리밭 근처까지 다다랐을 때 무너진 밭담 옆으로 심어진 하귤나무 사이에서 누군가 경박하게 짖어대며 모습을 드러냈다. 마을 근처에 떠돌며 사는 늙은 암컷인 **워리**였다. 나는 굳이 대꾸할 기분이 아니어서 코털까지 하얗게 변한 늙은 개를 심드렁하게 보았다. 만두가 기분 나쁜 티를 잔뜩 내며 같이 짖어댔다. 워리는 주황색 털이 중간 정도 길이로 몸 전체에 나 있었는데 유독 앞발 부분만 하얀색 털을 하고 있었다. 마을에 묶여 사는 여러 수캐와 붙어먹었던 화려한 과거를 보여주기라도 하듯 축 처진 젖통들이 아담한 몸통 아래에서 덜렁거렸다. 크기는 만두보다 작고 초코보다는 조금 큰 그녀는 보잘것없는 개였다. 나는 무리의 영역을 (이제는 사라진) 억새밭까지로 보았기에 억새밭 너머로는 접근하지 않던 워리를 딱히 적대하지 않았다. 우리 무리가 억새밭에서 주로 생활할 때 워리는 이따금 길을 따라 올라와 이런저런 짧은 대화를 나누고 갔다. 그녀는 내가 딱히 궁금해하지 않는 마을의 소식을 들려주었는데 마을의 개들에 관한 얘기도 있었고 인간들에 관한 얘기도 있었다. 같은 암컷들끼리는 서로 경계함이 예사인데 두부는 의외로 워리의 얘기를 듣는 것을 즐겼다. 아마 워리를 통해 옛날 인간들과 함께했던 시절을 추억하는 것이라 짐작했다.

"이게 누구야. 밥과 그 일당들 아니야. 올해는 늦게 왔네?"
"그러게, 좀 더 늦었으면 할머니 죽어서 못 뵐 뻔했어."

까칠해진 만두가 비아냥 섞인 말투로 워리에게 응했다. 좋은 수컷 아니랄까 봐 워리의 뒤로 돌아가 궁둥이 냄새를 맡으려 기웃거렸다.

"저 싸가지 없는 년, 말하는 거 봐라. 그나저나 이쁜 두부가 안 보이네?"
"두부가 새끼를 낳아서 못 와. 흐흐흐."

오래간만에 맘껏 탐할 수 있는 암컷 냄새에 취하여 쫑이 주책맞게 쪼개면서 대답했다. 나는 여전히 복잡한 상황에 묶여 침묵으로 대답을 대신했다.

"오호라, 밭이 아버지가 되었구나. 두부 첫 출산인가? 처음은 힘들지. 어휴~ 나는 처음 새끼들 난 게 언제였는지 기억도 안 나. 깔깔깔."

"그러시겠지요. 똥구멍이 헐렁해지도록 새끼를 보셨을 테니."

"이년이 진짜 보자 보자 하니까. 피도 안 흘리는 이도 저도 아닌 것이!"

만두는 워리를 지나쳐 가며 경멸 가득한 태도를 보였고 워리도 지지 않았다. 치부가 건드려진 만두가 등 아래 털을 세우면서 흥분했다. 긴장감을 느낀 겁 많은 초코가 또 혼자 시끄럽게 짖어대며 발광하기 시작했다.

"아니, 자기는 누구야? 못 보던 수캐인데? 귀엽다."

늙은 만큼 약삭빠른 워리는 충돌을 교묘하게 빠져나가며 처음 보는 초코에게 관심을 드러냈다. 흡사 억새꽃을 닮은 듯한 꼬리를 살랑살랑 흔들며 교태를 부리는 늙은 암컷이 부담스러웠는지 초코는 짖기를 그만두고 워리를 빤히 쳐다보았다.

"난 초코라고 해. 마을로 가려고 왔어."

초코가 다시 수다를 이어가려는 눈치가 보이자 골치가 아파 대화에 끼지 않던 나는 마침내 입을 열었다.

"여기 있던 억새밭 어떻게 된 거냐?"

꾀죄죄한 초코를 이리저리 살펴보던 워리가 불쑥 튀어나온 나의 질문에 놀란 듯 귀를 쫑긋 세우고 대답하기 시작했다.

"아~ 억새밭. 지나오면서 봤을 거 아니야. 없어졌지. 벌써 꽤 됐어."

워리에 의하면 억새밭은 내가 마지막 순시를 다녀갔던 때에서 얼마 지나지 않아 없어졌다. 인간들이 육중한 트럭과 기계들을 끌고 와서 억새밭을 뒤집고 땅을 골랐다고 했다. 그때는 하도 소란스럽고 위험해서 워리조차 멀리 피해 있었다고 한다. 땅을 고른 이후 돌담을 세워 나눴고 지금도 부지런히 인간과 기계들이 드나든다고 하는데 워리는 아마 인간들의 집을 여러 채 짓는 것으로 추측했다. 나는 이미 뒤집힌 억새밭에서 벗어나지 못해 계속 골치가 아팠다. 빨리 돌아가서 생각을 정리할 시간이 필요했다. 이곳까지 내려온 다른 목적을 신속하게 처리하기로 했다.

"이 녀석은 초코다. 산속 도로 주변에 버려졌는데 산에서는 도저히 못 살 것 같아 여기로 데리고 왔다."

내 말이 끝나자 워리는 이해하겠다는 표정을 짓고 초코의 냄새를 맡아댔다.

"그래 보이긴 하네. 산에서 살기에는 너무 귀여운 개야. 그런데 밭. 여기에도 다들 영역이란 게 있어. 너희들만 있는 게 아니야."
"영역을 내어 주라는 얘기가 아니다. 그저 마을로 내려가는 길만 알려줘. 다음은 녀석이 알아서 할 테니."

그리 좋은 얘기일 것도 없는데 대화를 듣고 있던 초코는 헥헥거리며 비굴하게 웃고 있었다. 나는 이 가련한 짐승을 이곳에서 떼어놓음으로써 내가 짊어져야 할 것 중 하나를 내려놓은 것 같아 잠시 마음이 가벼워졌다.

"그래. 뭐 그거야 어려운 일이 아니지. 그나저나 너희 요즘 너무 막 나가는 거 아니야? 조심해야겠더라. 인간들이 단단히 벼르고 있어."

항상 관심 밖의 얘기를 주절대던 늙은 개의 입에서 우리 무리 얘기가 나오니 긴장하게 됐다. 기분이 나빠져 멀찍이 떨어져 있던 만두도 귀를 움직이며 이쪽으로 다시 왔다.

"얼마 전에 인간들이 키우던 송아지 한 마리가 잡아먹혔어. 너희들 짓이지? 인간들 얘기로는 들개들이 그랬다고 하던데."

오래전 인간의 손을 타고 또 그만큼 오래 인간 마을을 떠돌며 살아온 워리는 인간들 대화를 어느 정도 알아듣는 모양이었다. 비록 그것이 허풍이라고 해도 지금은 주의 깊게 들어두어야 한다고 생각했다.

"인간들은 개들보다 소를 훨씬 중요하게 생각해. 인간들이 무언가 할 수도 있어. 닭, 염소 잡는 거 다 참아줘도 소를 잡는 건 못 참을걸. 그러니까 적당히 해. 노루랑 꿩 먹고 살아. 너희들이 잘하는 거 있잖아."

"우리가 한 게 아니다."

속이 메슥거리며 다시 골치가 쑤셔왔다. 어지러운 골통 뒤
로 **검고 커다란 무언가**가 스쳐 지나가는 착각을 일으켰다. 분
명히 곰이 할 만한 짓이긴 했다.

"정말이야? 커다란 개들이 떼로 몰려와서 송아지를 물어
죽이고 절반을 먹고 다시 사라졌대. 나는 딱 너희들이라고 생
각했지."

"어쨌든 우리는 아니다. 우리는 지금까지 소를 노려본 적
이 한 번도 없어."

"그럼 다른 개들이 그런 건가? 너희들이 아니라고 해도 조
심해야 할 거야. 인간들 눈에는 다 똑같은 개떼로 보일 테니
까. 요즘 떠돌이 개들도 부쩍 많이 잡혀가고 있어."

나는 조금씩 불안해졌다. 워리의 경고 때문인지 굴에 두고
온 두부와 새끼들 때문인지 불리한 자리에 멈춰있는 시간이
불편했다. 불안감은 가까운 존재들일수록 빠르게 전염되어 쫑
과 만두도 침묵 속에 움직이지 않고 있었다. 나는 그들에게 돌

아가자는 눈치를 주고 워리와 초코에게 작별 인사를 했다.

"좋은 정보를 알려줘서 고맙다. 다들 여기서 안전하게 잘
지내라."
"댁들 걱정이나 하라고. 두부에게 안부 전해주시고. 자기
는 나 따라와."

워리는 호기롭게 얘기하고 방정맞은 걸음으로 늘어진 젖
통을 출렁거리며 길을 따라 내려갔다. 초코가 워리를 따라나
서다 고개를 돌려 나와 무리를 잠깐 보았다.

"여기까지 데려다줘서 정말 고마워. 엄마를 다시 만나도
잊지 않을게."

철딱서니 없는 감사 인사를 하고 작은 개는 늙은 개를 따라
마을로 내려갔다. 쫑의 재촉이 없었다면 돌아가야 할 것을 잊
고 밤까지 그 길에 멍청하게 넋을 잃고 있을 뻔했다. 초라하고
약해빠진 두 마리 개의 뒷모습을 보며 나는 서러워졌다. 직전
까지 나는 나와 무리의 생존이 그들보다 우위에 있음을 의심
치 않았다. 그러나 사라진 억새밭과 곰 무리의 패악질로 나는

그 우월감이 한없이 빈약한 근거 위에 세워져 있다는 사실을 깨달았다. 마을로 내려가는 길은 막혀 있는 것처럼 보였고 산으로 향하는 길은 너무 멀게 느껴졌다. 우두머리가 되고 처음으로 나는 확신을 잃었다. 돌아가는 길 내내 우리는 말이 없었다. 우리들의 무거운 발걸음에 놀란 장끼가 꿕꿕거리며 날아다녔다. 눈이 더 내리기 전에 우리는 새로운 자리를 찾아야 했다.

# 도망과 이동의 차이

배고픔은 적응할 수 있는 느낌이 아니었다. 살기 위한 발악으로 그의 억센 손목에 어금니를 박아 넣고 얼마쯤 시간이 지났지만 정작 먹을 수 있는 것에 이빨을 꽂기는 쉬운 일이 아니었다. 나는 실제로 나의 굶주림을 해결하기 위해 무언가를 죽여본 적이 없었다. 이따금 밭담 아래로 기어들어 와 천덕스러운 고무대야를 노리던 들쥐들을 잡아 죽이긴 했으나 단순한 재미에 가까웠을 뿐이었다. 생의 순간을 넘기기 위해 발휘된 내 폭력성은 존재의 지속을 위해서는 별로 쓸모가 없었다. 그래서 나는 꽤 오래 제대로 먹지 못했다. 밭 주변에 인간들이 참으로 먹고 버려둔 찌꺼기나 돼지 뼛조각들로 허기를 달래기는 했다. 밭에 머무는 꿩이나 배회하는 고양이를 반사적으로 쫓기는 했지만 성공한 적은 없었다. 결국 밭 옆에 버려지는 쓰레기들이 내 유일한 식량이었다. 살기 위해 밭에서 도망쳤지만, 다시 살기 위해 밭에 묶였다.

나는 그래서 영락없는 '밭'이었다. 이 치졸한 운명을 마치 예견이라도 한 듯 나를 '밭'으로 보낸 그의 선견지명에 감탄이 나올 지경이었다. 비록 인간의 밭에 먹을 것을 기대고 있어도 나는 강한 거부감을 바탕으로 내가 있던 곳에서 멀어지고자 했다. 그것이 비겁한 생존 욕구에 대한 나의 소심한 반항이자 바닥에 남은 의지였다. 밝은 날에는 버려진 땅을 덮은 넝쿨 속이나 아무도 살지 않는 집 마당에 있는 나무 밑에 숨어있었다. 해가 지고 인간들의 모습이 뜸해지면 추레한 피난처에서 나와서 신중히 밭 주변을 살폈다. 궁상맞은 먹이 찾기에 한참 열을 올리다 보면 동이 트기 시작했다.

바다에 닿은 땅 위로 빛이 서서히 번지기 시작하면 저 멀리 포개어진 오름들이 하나둘 모습을 드러냈다. 차례차례 장막을 걷어내는 오름들을 층층이 따라가면 마침내 크고 넓은 산이 오름들을 품고 있었다. 얼마나 멀리 있는지 알 수 없어 아득했지만, 볼록하게 생긴 봉우리는 분명했다. 처음 내 시야에 들어왔던 엄마의 젖꼭지 같아 그 산은 품이 따뜻해 보였다. 나는 그곳을 향해 가야 한다는 사명에 빠져들었다. 내가 묶여있던 밭에서 최대한 멀어지겠다는 유치한 동기를 저 산을 향한 숭고한 여정으로 둔갑시켰다. 실로 산은 내가 떠도는 땅 그 자체인 것 같아 친근해 보였고 그곳에 가면 충분히 살아낼 수 있으리라 여겼다. 그래서 익숙해질 수 없는 배고픔을 근근이 달래며 나는 조금씩 산을 향해 나아갔다.

곰을 만난 것은 그즈음이었다. 곰은 나에게 항상 메슥거림과 두통으로 기억되는 존재다. 놈이 건들거리며 아는 체를 할 때마다 나는 그를 만난 날 잘못 먹고 탈이 난 닭 뼈가 떠올랐다.

\*\*\*

해가 머리를 내밀 준비를 하는 까닭에 밭담 아래는 더 검게 그늘졌다. 그래서 미처 보지 못했던 모양이다. 밭담 한구석에 흩어진 닭 뼈를 정신없이 씹어 먹었는데 뼛조각들 아래에 인간들이 밭에다 뿌리는 하얀 조각들이 깔려 있었나 보다. 쏘는 듯한 지린내를 맡았지만 이미 정신없이 훑어 먹고 난 뒤라 어찌할 수 없었다. 밭담 아래 그림자를 따라 천천히 걸어가던 나는 심한 어지러움을 느꼈다. 목구멍에서 끓어 올라오는 역함을 참지 못하고 먹었던 것을 토해냈다. 심한 갈증이 이어서 찾아와 비틀거렸다. 급한 대로 밭담 사이에 얄팍하게 고인 흙탕물을 핥았다. 그때부터 토악질을 연이어 몇 차례 더 했다. 먹은 게 별로 없어 나올 것도 없는 위장을 쥐어짜 내고 마침내 매운 신물이 넘어왔다. 요란하게 부대끼고 나니 모든 게 다 귀찮아졌다. 산이고 나발이고 나는 구석진 밭 한쪽 무덤가에 심어진 돈나무 밑으로 기어서 들어가 누웠다. 배를 옆으로 하고 편히 눕지는 못하고 머리를 앞발에 기댄 채 귀는 세워 최소한의 경계심은 남겨 두었다. 토악질에 잠시 밀려났던 피로가 한꺼번에 몰려와 몽롱해진 눈꺼풀을 겨우 감았다 떴다 했다.

"죽었나? 살았나?"

눈을 감았을 때는 그게 꿈에서 내가 하는 혼잣말인 줄 알았다. 눈을 다시 떴을 때 커다란 검은색 덩어리가 눈앞에 얼굴을 쭉 들이밀고 있어 소스라치게 놀랐다. 나는 즉시 몸을 일으켜 힘이 잘 들어가지 않는 뒷다리를 떨며 등허리 털을 곤두세웠다. 오랫동안 풀을 베지 않아 억새가 가득한 무덤 앞에는 새까만 털이 가득한 수캐 한 마리가 있었다. 하늘을 찌를 듯 뾰족하게 선 귀가 달린 대가리는 아버지의 육중한 머리통만 했다. 몸집은 아버지보다는 약간 작은 듯했지만, 코끝부터 꼬리 끝까지 모조리 검은색이라 더욱 위협적으로 느껴졌다. 오직 벌려진 주둥이 사이로 길쭉하게 베어 문 시뻘건 혓바닥만이 검지 않았다. 이 정도의 수캐가 다가오는 것을 전혀 느끼지 못한 채 뻗어있었다니 치욕적이었다. 부끄러움에 얹힌 메스꺼움이 아예 통증을 일으킬 정도였다.

"죽진 않았구나. 성질부리는 거 보니."

검은 밤하늘 속에 일렁이는 불꽃처럼 벌건 혀를 날름거리며 놈은 한쪽으로 비켜 앉았다. 누런빛이 조금 섞인 갈색 눈동자는 결코 나에게서 시선을 떼지 않았다. 나는 지끈거리는 두통을 꾸역꾸역 눌러가며 자세를 낮추고 말했다. 쓰린 위장 때문인지 아니면 저 검은 놈에 대한 두려움 때문인지 말끝이 살짝 떨렸다.

"뭐야? 넌 누구냐?"

상대의 약해진 상태를 충분히 간파한 맹수의 자세로 놈은 여유를 잃지 않고 대답했다.

"나? 난 곰이다. 가는 길에 개 한 마리가 뻗어있길래. 크크크, 얘기나 하려고 와 봤지."
"그럼 그냥 가던 길이나 마저 가라. 너와 얘기할 기분이 아니다."

나는 뒤로 잔뜩 당긴 귀는 풀었지만 찡그린 미간은 풀지 않았다. 화를 먹으니 뒤집힌 위장이 더 난리를 쳐 죽을 맛이었다.

"뭘 잘못 먹은 모양이군. 아무거나 주워 먹다가 죽은 개들을 심심치 않게 보긴 했지."

토사물이 튀어 묻은 앞다리에서 올라오는 시큼한 냄새를 감지한 것인지 곰이 빠르게 추측해냈다. 나는 딱히 부정도 긍정도 할 수 없어 닥치고 있었다. 내 머뭇거림이 곰에게는 단호한 태도로 여겨지기를 바랄 뿐이었다. 곰은 잠시 생각하는 듯하더니 커다란 몸집을 가볍게 뛰어오르듯 일으켰다.

"일단 따라와라."

"어딜 말이냐? 내가 왜?"

"넌 물을 좀 마셔야 해. 살고 싶으면 따라와."

제 뒤통수에 꽂히는 의심스러운 눈길을 아랑곳하지도 않고 곰은 순식간에 방향을 바꿔 앞장섰다. 어차피 여기 누워 있어 봐야 곧 해가 오르면 인간들 눈에 띄기 십상이었다. 텅 빈 위장은 꼬이다 못해 말라붙어 목구멍까지 찢어지는 갈증을 일으켰다. 특별히 어찌할 바를 알지 못한 나는 일단 녀석을 따라 갔다.

우리는 밭담을 따라 걷다가 아직 차가 다니지 않아 조용한 도로로 나왔다. 약하게 보이지 않으려 늘어지는 걸음걸이를 애써 넓게 했다. 까마귀 날개 같은 꼬리를 비스듬히 세우고 앞서 걸어가는 곰은 딱히 나를 채근하지 않았다. 우리가 나아갈수록 풍경은 바뀌어 갔다. 밭이 점점 보이지 않고 도로 양쪽은 길쭉한 삼나무가 정렬해 있었다. 그 안쪽으로는 당근, 양배추, 무 따위의 채소밭이 아닌 완만한 초지가 펼쳐져 있었고 이따금 말들이 자유롭게 풀을 뜯고 있었다. (나는 사실 이때 말을 처음 보았다.) 새로운 풍경에 익숙해질 때쯤 땅이 움푹 팬 커다란 구덩이가 나왔다. 난생처음 본 말에 대한 호기심보다 거대한 구덩이가 더 궁금해서 나는 잠시 걸음을 멈췄다. 곰은 머리를 돌려 내 움직임을 보지도 않은 채 궁금증에 대한 답을 해줬다.

"저건 인간들이 흙이랑 돌 따위를 파는 구덩이다. 지금은 조용하지만, 곧 날이 밝으면 기계 소리로 굉장히 시끄러워지지. 귀는 아프지만, 덕분에 인간들이 이쪽으로 거의 다니지 않아. 몸을 숨기기에 알맞지."

녀석에 대한 의심이 조금 약해지는 것 같았다. 구덩이를 지나니 제법 웅장한 오름이 눈앞에 펼쳐졌다. 우리는 오름에 오르지는 않고 삼나무가 한쪽으로 심어진 좁은 길을 따라 돌아갔다.

"이제 거의 다 왔다. 저 오름 중턱에는 가끔 소들이 나와서 풀을 뜯지. 다 큰 소는 어쩔 수 없겠지만 송아지 정도야 해볼 만할 거야."

이번에는 딱히 내가 궁금해하지도 않았는데 곰이 살짝 신이 난 채로 다짐하듯 말했다. 어지러움이 극에 달한 나는 녀석의 말을 건성으로 듣고 마른 코끝으로 부지런히 물 냄새를 찾았다. 잠시 뒤 이번에도 움푹 들어간 넓은 구덩이가 나왔다. 이번에 구덩이를 가득 채우고 있는 것은 흙먼지와 돌멩이가 아니라 물이었다. 나는 곰을 앞질러 넘실대는 물웅덩이를 향해 달렸다. 그러나 그 테두리가 모두 철망으로 막혀 있어 들어갈 곳이 보이지 않았다. 어느덧 시작된 하늬바람이 수면에 작고 고른 파도를 만들고 있는데 정작 다가갈 수 없다니 미칠 노릇이었다.

"따라와. 저수지로 내려가는 길은 저쪽이다."

곰은 철망 앞에서 우왕좌왕하고 있는 나를 한심하게 바라보다가 안내를 계속했다. 곰이 이끄는 곳으로 가 보니 철망 틈이 벌어져 있어 겨우 몸을 집어넣을 만한 공간이 있었다. 곰은 머리부터 들이밀어 바닥에 배를 붙이고 미끄러지듯 철망 안으로 들어갔다. 나는 가슴팍에서 걸려 낑낑대다가 등줄기를 철망에 다 쓸린 후에야 겨우 들어갔다. 비록 오래 굶주렸다고 해도 원체 튼실한 몸뚱어리를 가졌기 때문일 것이다. 저수지에 닿은 나는 바로 주둥이를 처박고 물을 들이켰다. 그때 이후로도 그렇게 긴 시간 물을 마신 적은 없었다. 차갑고 신선한 물줄기는 말라서 막혀버린 목구멍을 흠뻑 적시고 내려가 꼬일

대로 꼬여버린 내 위장을 서서히 풀어 젖혔다. 아예 물에서 계속 살 모양으로 마셔대는 통에 네 다리가 모두 물에 빠진 것조차 알지 못했다. 물 밖으로 나온 나는 몸을 크게 털며 골통을 가득 채웠던 두통까지 떨쳐냈다.

"이제 좀 살 만한가? 크크크."

조금 전 몸을 털면서 녀석의 존재도 털어버렸으면 좋았을 텐데, 그것을 절대 허락하지 않는 듯 곰이 말을 걸었다.

"고맙다. 큰 신세를 졌다."

그에게 신세를 졌다는 분명한 사실을 외면할 정도로 나는 뻔뻔하지 않았다. 저 음침한 개에게 빚을 졌다는 게 꺼림직했지만, 녀석에 대한 경계를 이제 거두기로 했다.

"오. 그렇다면 나중에 꼭 갚도록 해. 지금은 그저 얘기나 좀 하자고."

곰은 저수지 둘레를 감싸고 있는 덤불 안으로 들어가 엎드렸다. 정신이 든 나도 그를 따라 덤불 속에 자리를 잡았다. 우리는 서로에 대한 정보를 주고받았다. 곰은 나보다 나이가 조금 더 많았다. 곧 눈이 내리면 집에서 도망친 후 두 번째 눈을 맞는 것이라 했다. 내가 그의 이름의 유래를 묻지 않았음에도 곰은 긴 이야기를 시작했다.

곰은 검고 큰 몸집이 마치 곰이라는 거대하고 강한 짐승을 닮았다고 해서 그의 주인이 지어준 이름이라 했다. 곰은 자신이 먼 북쪽에서 내려온 뼈대 있는 혈통을 가지고 있다고 했다. 그의 주인은 그런 혈통 있는 개를 키우는 취미가 있었고 특히 크고 사나운 개들을 좋아했다고 한다. 곰은 어미 젖을 떼자마자 주인을 만났는데 아주 잠깐은 주인의 집 안에서 같이 살았다고 한다. 하지만 그는 정말 금방 자랐고 몸집이 커진 이후로는 마당에서 살았다. 그의 주인은 도시와 가까운 곳에 큰 집과 큰 마당을 소유하고 있었다. 마당에는 나무로 울타리를 친 개집 여러 채를 만들어 자신이 수집한 크고 사나운 개들을 각각 나눠 살게 했다. 곰의 옆방을 쓰던 개는 나처럼 누런색으로 덩치가 크고 얼굴이 검은 개였다고 했다. (그래서 나를 보고 반가움을 느꼈다는 것이었다.) 개들은 줄에 묶여있지는 않았지만, 울타리를 벗어날 수는 없었다고 한다. 곰의 주인은 가끔 다른 인간들을 데려와 그의 개들을 자랑했고 그중에서 유독 영특한 곰을 총애했다고 한다. 그래서 특별히 곰은 종종 마당으로 불려 나와 던지고 물어오기라든지 앉아, 엎드려 같은 개인기들을 선보였다. 곰은 비록 바깥세상을 알지 못했지만, 주인에게 진심으로 충성했다.

그러나 곰의 주인은 자기 개들을 자랑하는 만큼 사랑하지는 않은 모양이다. 어느 순간부터 주인은 싫증이 났는지 밥도 잘 주지 않고 똥도 잘 치워주지 않았다. 그런 지 얼마 되지 않아 옆방에 살던 개들이 하나둘 사라지기 시작했다. 그래도 곰은 거의 마지막까지 남은 몇몇 중 하나였고 곰은 그 사실을 뿌듯해했다. 어느 더운 날, 곰은 울타리 안에서 헉헉대고 있었는데 주인의 손주로 보이는 어린 인간이 와서 곰을 자꾸 막대기로 찔러댔다. 곰은 매우 짜증이 났지만 충직한 개답게 자리를 피하기만 했다. 포기를 모르는 애새끼는 곰이 도망치자 따라다니면서 찌르기를 멈추지 않았고 아예 울타리 안으로 손을 집어넣어 막대기를 휘두르기 시작했다고 한다. 인내심이 바닥난 곰은 그냥 딱 한 번 경고했을 뿐이었다. (이 부분에서 곰의 표정은 매우 어이없어 보이기도 하고 억울해 보이기도 했다.) 아이의 손가락에서 피가 뿜어져 나왔고 이내 경기를 일으키며 울어댔다.

곰은 그날 사슬에 묶이고 입에 재갈이 물린 채 죽기 직전까지 두들겨 맞았다. 곰은 우수한 혈통의 충직한 개였으므로 늙은 주인이 내리는 벌을 달게 받았다. 그러나 그날 이후 곰의 울타리는 지옥으로 변했다. 단단히 화가 난 주인은 곰에게 밥과 물도 제대로 주지 않았다. 그래도 곰이 꼬리를 흔들며 아는 척이라도 하면 그 늙은 주인은 눈에 핏대를 세우고 울타리 안으로 들어와 묵직한 쇠몽둥이로 그를 때렸다. 주인의 총애가 분노와 경멸로 바뀌는 시간은 짧았으나 곰의 충성이 절망으로 그리고 다시 증오로 바뀌는 시간은 꽤 오래 걸렸다. 그 시간의 차이를 메우는 동안 곰은 계속 맞았다.

결국 주인은 곰을 개장수에게 팔아버리기로 결심했다고 한다. 이제 개 따위는 진절머리가 나는지 마당에 가득하던 울타리와 개집을 차례차례 뜯어냈다. 증오를 차근차근 누적해 오던 곰은 개장수가 와서 자신을 끌어내는 그날, 뭉쳐서 단단해진 그것을 터뜨렸다. 증오가 물든 영특함은 교활함으로 바뀌어 곰의 목숨을 살렸다. 병에 걸린 듯 널브러져 있던 곰은 일부러 순하기 그지없게 울타리 밖으로 끌려 나왔다. 그리고 마당에 철퍼덕 주저앉았다. 개장수는 순조로운 작업에 방심하고 담배를 꺼내 물었다. 개장수의 느긋함에 성격 급한 주인은 답답해져 자신이 곰의 줄을 대신 잡아 쥐고 재촉했다. 곰이 기다렸던 순간은 바로 그때였다. 늙고 변덕이 센 주인은 곰의 견인력을 결코 감당할 수 없었다. 주인은 소유물에 대한 집착으로 용케 줄을 계속 잡고 있었지만, 덕분에 대문까지 몸 전체로 마당을 쓸며 끌려갔다. 놀란 개장수가 담배를 급히 던지고 쫓아왔지만 곰이 재차 돌진하자 싸구려 목걸이의 걸쇠가 휘어 끊어졌다.

주인이 곰을 계속 총애해서 단단한 목걸이를 채웠다면 곰은 죽었을 것이다. 개장수가 한눈을 팔지 않는 철저한 성격이었다면 곰은 고깃덩이가 됐을 것이다. 곰이 뼈대 있는 혈통이 아니어서 조금만 미련했다면 그는 솥에 들어갔을 것이다. 곰도 나도 어느 정도의 우연과 어느 정도의 실력이 겹쳐 저수지 덤불 속에 살아 있었다.

"인제 보니 넌 이름이 뭐냐?"
(나의 서사는 짧고 단순하여 금세 얘기해줄 수 있었다.)
"밭이라고 불러. 이름을 받은 기억은 없지만 나는 밭이다."
"크크크. 밭이라니. 내 이름만큼이나 괴상하군."
"왜? 사람이 지은 것이 아니라 이상한가?"

"아니, 멋져서 그렇다. 인간이 지은 것이 아니라 스스로 지은 이름이라니. 만나서 반갑다. 밤!"

"그래. 나도 반갑다."

"그런데 말이야. 사람이 아니라 인간이다."

"사람이나 인간이나 같은 말 아닌가?"

"아니, 달라. 사람은 너무 착해 보이잖아. 그들은 안 그렇거든…. 그들에겐 인간이 더 어울려."

당시에 나는 곰이 굳이 두 명칭의 차이를 두는 것을 이해하지 못했다. 다만 곰을 살렸던 증오가 그의 마음에 남아 살면서 번식하고 있는 것이 어렴풋이 느껴졌다. 그때 나는 알지 못했다. 곰의 깊은 증오가 낳은 자식들이 얼마나 자라나게 될 것인지. 이제 막 오름을 넘기 시작한 나는 그를 따를 만한 존재라 여겼다.

"무리를 만들 거야. 밤. 너도 함께하자."

나는 말없이 곰의 황갈색 눈동자를 슬쩍 보았다가 피하여 동의의 뜻을 알렸다. 어느새 하늬바람이 석양을 가져와 저수지 수면에 뿌려내고 있었다.

＊＊＊

　나는 때때로 도망과 이동의 차이를 고민하며 곰을 처음 만났던 날을 떠올리곤 했다. 도망가는 것과 이동하는 것 모두 살기 위해서 움직이는 것은 같았다. 그러나 둘 사이에 분명한 차이가 있음을 알고 있기에 항상 나와 무리의 처지가 어디에 자리 잡고 있는지 구별하는 것이 필요했다. 곰을 만난 날은 나에게 그 차이를 알 수 있게 하는 기준점 같은 것이었다. 녀석을 만나기 전 나는 도망치고 있었고 저수지에서 다시 나오는 순간부터 우리는 이동하고 있었다. '도망'은 그것이 인간이든 다른 들개든 나를 쫓아오는 무언가가 있는 것이다. 반면에 '이동'은 쫓기는 것을 전제로 하지 않으니 더 능동적이고 계획된 것이다. 이 차이를 아는 것은 우두머리로서 나에게 중요한 문제였다. 내가 '도망'이라고 생각했어도 무리는 '이동'으로 알고 있게 해야 했다.

　우리가 봉착한 대부분 문제에 대해서 나는 무리의 구성원들과 함께 의논했다. 그리고 그들의 의견을 반영하여 결정했다. 그런데도 우두머리로서 내가 오롯이 감당해야 할 부분이 있었으니 그것은 바로 나 혼자 '도망'의 불안감을 견뎌내야 한다는 것이다. 우두머리의 권위를 지키기 위해 정보를 왜곡하는 것이 아니었다. 불안함은 빠르게 전염되고 무리를 병들게 했다. **우리는 모두 어딘가에서 누군가로부터 도망쳐왔거나 버려졌다.** 모두가 불안해해서는 함께 방황할 뿐 문제의 해결책을 찾을 수 없었다. 품이 넓은 산은 공교롭게도 그런 방황을 용납해줄 아량은 없었다. 산이 용납해주지 않는다면 무리의 생존도 장담할 수 없게 된다. 걱정은 나 혼자 하는 것으로 충분했다.

눈과 추위의 시간을 보낼 억새밭이 없어진 마당에 우리는 대안을 찾아야 했다. 거기다가 다른 변수도 있어 고민을 더 깊게 만들었으니 바로 곰과 그의 무리로 추측되는 들개떼였다. 인간들은 산과 숲을 파헤치고 뒤집으면서 점점 위로 올라오고 있었다. 곰의 무리는 더더욱 과감해지고 난폭해지며 산 아래로 내려가고 있었다. 머지않아 이들은 크게 충돌할 것이었다. 그 충돌에서 누가 승리할 것인가는 나의 관심사가 아니었다. 내가 중요하게 생각하여 신경을 쓰는 것은 그 충돌에서 우리 무리를 지켜내는 것이었다. 나는 인간들과 곰으로부터 도망가려고 하는 것인가? 그들의 충돌을 피하려고 하는 것인가? 아니면 그저 합리적인 근거에 의해 무리를 이동시키려 하는 것인가?

자신에게 치열한 질문을 던지느라 새끼들이 사방에서 나를 물고 늘어지는 것조차 깨닫지 못했다. 두부의 작은 엉덩이를 비집고 나온 네 마리의 새끼는 이제 젖을 완전히 뗐다. 세 마리의 수컷에 한 마리의 암컷이었다. 산에 사는 개에게 이름을 붙이는 것이 한편으로는 우스웠으나 무리가 알아보기 쉽게 새끼들에게 이름을 주었다. (사실 첫째 놈과 둘째 놈이 유난히 서로 닮아 구분이 어려웠다.) 자라난 새끼들이 무수한 덤불을 헤치고 나갈 때 걸리적거리지 않도록 이름은 되도록 간결하고 직관적이어야 했다. 태어난 순서로 일구/이구/삼구/사구로 지었다. 암컷은 셋째로 태어났다. 일구와 이구는 나를 똑 닮았다. 쫑과 만두는 빼다 박았다면서 웃어 젖혔다. 삼구는 두부와 나를 적절히 섞은 생김새였다. 몸통은 전체적으로 하얀색이었으나 귀는 누런색이고 나를 닮아 주둥이와 얼굴이 검었다. 가장 늦게 나온 사구는 제 형제들보다 행동도 굼뜨고, 말도 느렸다. 사구는 꼬리 끝까지 다른 색 없이 하얀 것이 두부를 닮았다.

새끼들의 가냘픈 주둥아리 안으로 꿩 뼛조각 같은 이빨들이 돋아났다. 조금씩 날이 서기 시작한 그 이빨들로 얼마나 제 어미의 젖꼭지를 괴롭힌 건지 이제 두부는 새끼들이 습관대로 배 쪽으로 다가오면 질겁을 하고 줄행랑을 쳤다. 대신 녀석들의 오밀조밀한 호기심을 받아내는 것은 나의 몫이었다. 조릿대든 참꽃나무든 보이는 건 닥치는 대로 집어 잘근거리는 새끼들이 뭐니 뭐니 해도 가장 좋아하는 것은 내 귀와 꼬리였다. 네 마리가 내 몸에 매달려 걸어오는 장난이 점점 아파질수록 이제 무리가 움직여야 할 때가 가까워지고 있음이 느껴졌다.

삼구가 있는 힘껏 당기는 바람에 왼쪽 귀가 살짝 쓰라려 나는 꼬리에 이구를 단 채 일어났다. 끈덕지게 들러붙는 이구를 제 형제들 곁으로 놓고 평탄한 곳으로 걸어가 무리를 불러 모았다. 새끼들을 피해 숨어있던 두부를 앞세워 쫑과 만두도 뒤따라왔다. 먹성 좋은 남매에게 부지런히 젖을 먹이느라 다소 야위었던 두부는 슬슬 다시 살이 오르고 있었다. 억새밭이 사라진 것을 확인하고 돌아온 이후에 우리는 바로 대안을 찾아 움직이지 못했다. 아직 제대로 걷지도 못하는 새끼들을 데리고 뚜렷한 계획 없이 함부로 삼나무 숲을 떠날 수 없었다. 새끼들이 젖을 뗀 이후 다시 논의하기로 했고 지금이 그때였다. 새끼들이 저들끼리 그르렁거리며 까불고 있으니 마침 이야기하기 좋았다.

"이제 슬슬 이동해야 할 것 같다."

무리는 모두 수긍하는 표정을 지으며 내 주위로 모여들어 앉았다.

"알다시피 억새밭 쪽으로는 갈 수 없으니 다른 곳으로 가야 한다. 혹시 적당한 장소가 있다면 얘기해보도록 해."

다들 잠시 고민에 빠졌다. 무리를 이루고 난 후에 우리는 대부분의 시간을 함께 다녔으므로 특별히 혼자만 알고 있을 장소는 거의 없을 것이었다. 따라서 고민은 완전히 기발한 장소를 떠올리는 것이 아니었다. 인간들에게 너무 가까이 다가가지 않으면서 곰의 영역이 아닌 곳을 추려내야 하는 것이 고민이었다. 거기다가 사냥감을 구하기 적합해야 한다는 조건도 추가되니 여간 난해한 것이 아니었다. 도망치는 것인가? 이동하는 것인가? 무리의 고민을 더 놔두었다가 그 차이를 따지는 것까지 생각이 미쳐서는 안 되었다.

"내가 봐둔 곳이 있긴 하다. 꼭대기에 물이 가득한 오름 남쪽으로 내려가서 계곡을 두어 개 더 건너면 평탄한 숲이 하나 나온다."

"예전 패거리가 살던 곳에서 길을 건너 서쪽으로 더 들어가는 곳 말이지?"

어딘지 알겠다는 듯 쫑이 거들었다. 쫑은 곰과 내가 한 무리였을 때부터 함께했으므로 아마도 위치를 대략 알고 있을 것이었다.

"맞다. 거기서 좀 더 들어간 곳인데 삼나무는 적고 참꽃나무 같은 것들이 많아 몸을 숨기기도 수월하다."
"그래. 우거진 덤불이 많아서 꿩 잡기에도 쉬운 편이야."

쫑이 옛 기억을 더듬어 내가 덧붙여야 할 말들을 덜어주었다.

"높은 곳에서 내려온 노루들이 절반은 억새밭이 있던 북쪽으로 절반은 내가 말한 남쪽 지역으로 내려가는 것으로 보인다."
"그럼 노루들도 꽤 있겠네? 나쁘지 않은걸?"

만두도 대충 그림이 그려지는 듯 눈빛을 빛내며 말했다.

"그렇지. 그리고 거긴 곰의 영역도 아니야. 우리가 먼저 가서 차지하면 돼."

쫑은 만두를 마주 보며 이미 자신은 마음을 정한 듯 대답했다.

"다만…."
"다만?"

내가 말하다 말고 뜸을 들이자 가만히 이야기를 듣고만 있던 두부가 조용하게 반문했다. 두부는 누구보다 나의 심경에 민감했으므로 내 안에 숨어있는 불안을 눈치챘을지 모른다. 그것은 우두머리의 짝으로서 두부가 견뎌야 할 부담감이라 할 수 있었다.

"다만 멀지 않은 곳에 산길이 나 있는데 인간들이 자주 다닌다. 그 숲도 언젠가 인간들에게 빼앗길지도 모른다."

나도 모르게 걱정을 내뱉어 무리는 빠르게 조용해졌다. 침묵이 혼란으로 변하기 전에 고맙게도 두부가 입을 열어 분위기를 돌렸다.

"거기가 어디쯤이지? 나는 가본 적이 없을까?"

"네가 가본 적은 없어. 하지만 우리가 처음 만났던 도로에서 멀지 않은 곳이다. 그 도로 주변으로는 인간들이 많이 돌아다니고 내가 말한 숲은 거기서 골짜기를 타고 서쪽으로 더 가면 나와."

두부가 대강이라도 추측해볼 수 있게 나는 최대한 친절하게 얘기해주었다. 두부는 잠시 기억 속 공간들을 헤아려 보더니 말했다.

"나는 좋다고 생각해. 억새밭까지 사람들이 올라왔다면 여기 삼나무 숲까지 오지 말라는 법도 없지. 이참에 차라리 다른 곳으로 터전을 옮기자!"

이럴 때 두부는 판단이 빠른 편이었다. 우유부단한 예전 모습은 이제 거의 없어졌다. 산이 그리한 것인지 새끼들이 그리한 것인지 알 수 없었다.

"인간들이 다니는 산길이 거슬리기는 하지만 예전 기억에 면장이 말한 쪽은 그래도 인간들이 거의 다니지 않았어. 나도 찬성이야."

쫑은 아무래도 사냥터로서의 가능성을 더 크게 평가했을 것이다. 쫑긋거리는 그의 작은 귀를 보면서 나는 그렇게 느꼈다.

"그래, 정 별로면 또 다른 곳 찾아보면 되지. 노루 많다며? 나도 찬성."

입을 헤벌쭉하고 일어난 만두가 찬성의 의미로 몸을 가볍게 털었다. 때마침 놀이에 지친 새끼들이 우리를 발견하고 뒤뚱뒤뚱 다가왔다. 만두는 마치 제 새끼인 양 일구와 사구를 정성스레 핥아주었다. 이구가 쫑의 길쭉한 다리가 좋았는지 옆에 찰싹 붙어 귀찮게 했고 이번엔 삼구가 어미의 꼬리를 가지고 장난질을 시작했다. 강아지들의 어리광을 받아주는 무리를 보다가 이들에게 미안해졌다. 그 미안한 감정이 나의 기획과 제안이 '이동'이 아니라 '도망'임을 조심스레 입증했다. 무리도 알 것이다. 그러나 그들 자신도 '도망'보다는 '이동'으로 믿고 싶었을 것이다. 결국 둘 다 우리의 생존을 위한 방편에 지나지 않았다. 둘의 차이를 나누는 것에 굳이 정력을 쏟지 말라는 배려로서 무리는 내 제안에 믿음을 보냈다. 내가 살아내고 무리를 살려냄으로써 그들의 배려에 답하는 것이 최선이었다. 나는 부질없는 고민을 이쯤에서 마무리하기로 했다.

"동이 트기 전에 출발한다. 다들 조금 쉬어두도록 해."

우리는 죽을 자리에서 피하는 것이 아니라 살 자리를 찾아가는 것이다.

# 구덩이

　그늘진 나무 밑동에 쌓인 눈이 아직 물러가지는 않았지만, 나뭇가지를 긁고 지나던 바람은 점차 잦아들었다. 못살게 굴던 서늘한 공기가 주춤하자 기다렸다는 듯 참꽃나무 가지에 망울이 움트기 시작했다. 우리는 큰 비자나무 옆 바위틈에 자리를 잡았다. 호랑가시나무와 참꽃나무가 주위를 둘러 시선을 막아주고 그 옆으로 조금 움푹 파인 공간이 있어 몸을 숨기기 알맞았다. 나를 똑 닮아 앞발이 옹골진 새끼들은 이제 제법 개태가 났다. 더 이상 젖을 내놓으라고 제 어미를 겁박하지 않았고 나와 두부가 게워낸 노루고기를 먹성 좋게 핥았다. 아직 귀는 완전히 서지 않아 엉거주춤했지만, 진달래 꽃망울이 벌어지는 때에 맞춰 서서히 일어설 참이었다. 그때쯤 나는 사냥 나갈 때 새끼들을 대동하여 날고기를 먹게 해줄 작정이었다.

이곳으로 온 것은 상당히 만족스러운 결정이었다. 예상보다 노루의 숫자가 꽤 되었고 인간들의 발길은 닫지 않았다. 물론 이곳으로 오는 길이 순탄하기만 하지는 않았다. 새로운 보금자리가 될 바위틈에서 잠에서 억지로 깬 누룩뱀 한 마리가 나왔다. 새끼들이 혼비백산했지만, 그 정도는 재밌는 얘깃거리였다. 그러나 오는 길에 곰의 무리와 마주친 것은 그다지 재밌는 상황은 아니었다.

***

한밤보다 더 어둑한 새벽에 두부 곁에 파고들어 잠들었던 새끼들을 깨워서 길을 나설 채비를 했다. 눈이 오지 않을까 했던 잿빛 구름에서 가는 진눈깨비가 흩뿌렸다. 새끼들을 데리고 움직이는 길이므로 해가 좀 더 잠들어 있는 게 나을 수 있었다. 내가 대열의 앞에 서고 뒤로 쫑이 대각선으로 살짝 벌려 걸었다. 중간에 새끼들을 두고 뒤에서 두부와 만두가 처지는 새끼들을 챙기기로 했다. 새끼들의 쫀득한 목덜미를 물어 한 마리씩 옮길까 생각도 했지만 누굴 닮았는지 한결같이 토실토실한 궁둥이를 자랑하는 바람에 먼 거리를 가기에는 여간 부담스러운 게 아니었다. 다행히 새끼들은 까부는 만큼 활발해져서 우리 어른 개들을 곧잘 따라왔다. 나는 살짝 걸음을 빨리해 도로를 건너기 전 우리가 머물렀던 삼나무 숲을 뒤돌아보았다. 높은 데서 내려온 검고 단단한 기둥들이 빽빽이 꽂혀 있는 그곳은 우리가 처음 자리를 잡은 고마운 곳이었다. 변함없이 나의 영역으로 삼을 것이지만 우리가 남쪽에 성공적으로 자리 잡는다면 아마도 다시 돌아올 일은 없을 것이었다. 헛헛한 마음에 가까운 삼나무 기둥에 오줌을 눈 뒤 뒷발로 밑동을 야무지게 긁었다. 어둠보다 더 어두운 아스팔트 위에는 진눈깨비들이 녹고 얼기를 반복해 옅게 빛을 내고 있었다. 새끼들을 앞뒤로 챙겨 조심스레 도로를 건너 반대편 숲으로 들어갔다. 형제 중 가장 까불거리는 일구와 삼구는 처음 보는 광경과 처음 맡는 냄새가 신기한지 자꾸 대열을 벗어나려 해 암컷들의 애를 먹였다. 사구는 아직 잠이 덜 깨 비몽사몽 했고 이구는 주변을 경계하느라 뾰족하게 올라간 쫑의 꼬리에 더 관심 있어 보였다. 우리는 계곡을 따라 내려가지 않고 과감하게 산길 쪽으로 들어갔다. 계곡의 억센 돌 틈에 새끼들이 발을 헛디딜 위험이 있었고 이 시간쯤 산길에는 인간들이 없었기 때문이다. 산길을 따라가다 보면 오름 서너 개가 드리운 얕은 골짜기가 나오는데 우리는 거기서부터 서쪽으로 꺾어 들어갈 참이었다. 온통 검은 숲이 장악하고 있어 인간은 없겠지만 혹시 모를 노파심에 우리는 산길 중간에서 걷지는 않고 슬쩍 비켜서 조릿대를 스치며 이동했다.

서서히 산이 깨어나 우리가 걷고 있는 숲을 푸른색 눈동자로 비추었다. 마른 계곡의 자취가 드러났기에 분기점에 거의 이른 것을 알 수 있었다. 엄격하게 생겨 먹은 **콘크리트 길**이 물도 없는 개울을 남북으로 가르고 있었다. 길 양옆으로 거대한 노루가 찍어놓은 발자국처럼 바위 사이가 군데군데 꺼져 있고 그 안에 밤새 내린 진눈깨비와 살얼음이 함께 고여 있었다. 우선 무리를 잠시 쉬게 하고 팔자에 없던 긴 행군에 지친 새끼들의 목을 축이게 했다. 나는 조금 높은 바위로 올라가 머리를 들고 주변을 경계했다.

"사삭 사사삭"
"바스락"

내 시선 왼편, 참꽃나무 사이 조릿대 위로 대가리 여럿이 떠서 서서히 다가오고 있었다. 노루인 듯싶었지만, 이내 아니라고 판단한 것은 분명히 이쪽으로 뻗쳐오고 있는 적의 때문이었다. 나는 재빨리 길 쪽으로 내려와 머리를 낮추었고 쫑과 만두가 낮게 으르렁거리며 내 뒤로 섰다. 두부는 촐싹대는 삼구의 뒷덜미를 빠르게 낚아채 새끼들을 한데 모았다. 짙푸른 숲 안에서 흔들거리던 대가리가 점점 거대해지더니 쓱 제 본모습을 내보였다. 밤보다 어두운 털로 뒤덮인 곰이었다.

"오랜만이다. 밤."

녀석은 여유를 잃는 법이 없었고 그 점이 그를 강해 보이게 만들었다. 나는 대답 없이 귀를 살짝 뒤로 당기고 인상을 구겼다. 거대한 검은 짐승 뒤로 대여섯 마리쯤 되어 보이는 개들이 차례로 조릿대에서 떨어져 나왔다. 낯이 익은 놈들도 있었고 처음 보는 놈들도 있었다. 모르는 얼굴이 더 많은 것을 보니 곰과 만난 것이 참으로 오래되기는 한 모양이었다. 제 두목의 위압감에 기대지 않고는 꼬리도 들지 못할 것들이 이빨을 드러내며 아래턱을 들썩이는 꼴이 같잖았다. 곰이 몇 걸음 더 내쪽으로 디뎌오다가 서로의 어금니가 닿지 않을 정도 거리에서 멈췄다. 그리곤 내 너머를 잠시 훑어본 뒤 시뻘건 아가리를 벌렸다.

"여전히 떨거지들이랑 같이 다니는구나. 편안하신가?"

쫑과 만두는 숨 막히게 내려앉는 곰의 비아냥에 압도되지 않고 용케 자세를 잡고 있었다. 그 뒤의 두부는 행여 새끼들의 꼬리라도 보일까 봐 등줄기를 빳빳이 세우고 온몸으로 가로막고 있었다. 나는 곰의 시선이 나에게만 꽂히게 할 작정으로 입을 열었다.

"여기까지 어쩐 일이냐? 서로의 영역을 넘은 건 아닐 텐데."

곰과 나는 암묵적으로 인간들이 자주 왕래하는 이 산길을 경계로 영역을 구분했다. 내 영역이 남북으로 길게 이어지고 산의 높은 곳에 가까웠다면 곰의 영역은 동서로 넓게 펼쳐져 동쪽 마을과 오름들에 닿았다. 우리는 이 길을 기준으로 어색한 평화를 유지하고 있었다. 그런데 곰이 무리를 이끌고 여기까지 올라왔다는 것은 예사로운 행동이 분명 아니었다.

"그건 나도 묻고 싶다. 너희는 여기까지 왜 왔나?"

만두가 수다쟁이 기질이 발동해 반사적으로 뭐라 대답하려 하는 것을 쫑이 막았다. 무리 대 무리의 상황에서 나는 우두머리 역할을 해내야 했다.

"평소와 같지. 내 영토에서 노루를 찾아 이동 중이다."

"노루라? 크크크. 아직도 그놈의 노루 타령이냐?"

"그러는 너는 길잃은 송아지라도 쫓아 올라온 거냐?"

나는 추궁하듯 말을 던지고 곰의 반응을 살폈다. 곰의 조롱에 맞받아쳐야 한다는 의무감에 더해 접때 워리에게 들은 소문의 진상을 확인하고 싶은 호기심 때문이었다. '송아지'라는 말에 정확히 반응하여 곰의 눈동자가 순간 희번덕거렸다.

"오. 소문은 역시 빠르구나. 그래. 송아지 한 마리를 제대로 잡아먹었지. 그런데 이번에는 송아지가 아니라 다른 볼일이 있어서 왔지."

말을 마친 곰이 무리의 후미에서 잔뜩 굳어있는 두부를 지그시 쳐다보았다.

순간 잊고 있던 녀석의 검고 텁텁한 누린내가 콧속에 가득했다. 위협과 폭력에도 냄새가 있음을 나는 녀석과 함께하면서 깨달았다. 위험했다. 먼저 목덜미를 노릴까? 일대일로 녀석을 이기기 힘들지는 몰라도 지지 않을 자신은 있었다. 그런데 뒤에 패거리들은? 수적으로 열세인 것이 명백했다. 더군다나 두부는 전투가 힘든 상황이다. 내가 곰을 잡아낸다고 해도 그동안에 단 한 마리의 새끼라도 잃게 되면 우리가 지는 것이었다.

"전에도 말했지만, 너의 방식은 너무 위험하다."

과거의 논쟁에 가두는 것으로 녀석의 시선을 완전히 나에게 돌릴 수 있을지 모른다. 예전부터 나를 자기 아래로 생각해 온 곰은 나의 도전적 태도를 항상 못마땅해했다.

"또 그 소리냐? 착하고 점잖은 개새끼 나셨구먼. 크르릉."

곰이 준비해 온 적개심을 뿜어내며 송곳니를 드러냈다. 뒤에 붙은 개떼들이 제 두목에 맞춰 으르렁거리는 소리를 높였다.

"네놈은 그렇게 잘나서 아직도 노루 뒤꽁무니나 쫓아다니는 건가?"

곰은 확실히 상대를 질식시키는 면이 있었다. 이제 사방으로 곤두선 그의 검은 털들은 햇빛이 죽어버린 숲처럼 빽빽했다. 물러서면 덮칠 것이다. 나에게 조그만 망설임이 보여도 녀석은 우리 전부를 찢어버릴 기세로 달려들 것이다.

"내가 사는 방식이다. 네놈이 네 방식으로 살 듯이."

나는 오히려 무게중심을 좀 더 앞으로 두고 녀석보다 우위에 있는 몸집을 강조하며 단호하게 말했다. 금방이라도 질려버릴 것 같은 긴장감이 우리 사이에 투덕투덕 들러붙었다. 그렇게 잠깐의 시간이 멈췄다.

"그렇지. 각자 방식대로 사는 거지."

곰이 먼저 표정을 풀더니 능글맞은 태도로 고개를 들었다. 긴장 속에서 발을 뺄 때도 허술함이 없어 먼저 공격할 생각을 갖지는 못했다. 나도 뒤로 젖혔던 귀를 제자리로 돌리며 미간을 풀었다. 무리는 각자 우두머리들의 태도에 맞춰 조금 헐렁해진 분위기를 띠었지만, 두부만은 촘촘한 긴장을 거두지 않았다.

"그런데 정말 어디로 가는 거냐? 노루는 산 아래에 더 많을 텐데?"

"내 영역이니 상관 마라. 나도 네 영역을 건들지 않겠다."

"어차피 저 너머는 내 관심 밖이다. 배고파도 내려올 생각 이나 하지 마라."

"그럴 일 없으니 걱정하지 마라."


흥분하여 끈적하게 엉긴 침방울을 선홍색 헛바닥으로 핥 으며 곰은 고개를 틀었다. 동시에 나도 반대편으로 몸을 틀어 우리는 각자의 방향으로 다시 돌아갔다.


"아. 그리고. 새끼들 낳은 거 축하한다."


무심한 듯 뱉은 녀석의 말이 내내 당당했던 뒤통수에 꽂혀 허파가 얼어붙는 줄 알았다. 곰은 분명 새끼들을 노리고 온 것 은 아니었다. 내가 아는 녀석은 애초 목적이 그것이었다면 절 대 물러서지 않았을 것이다. 그럼에도 내게 쉽게 떨어지지 않 는 불안감을 선물하는 걸 보면 곰은 내가 따라잡기 힘들 정도 로 교활했다. 곰과 그의 무리는 다시 요사스러운 바람이 쓸어 넘기는 조릿대 사이로 사라졌다. 오래전, 곰의 송곳니가 박혔던 오른쪽 귓등이 쓰라려 왔다. 내 어금니가 들어갔던 녀석의 턱주가리도 조금은 욱신거리길 바랐다. 깊은 물을 헤엄쳐 나온 것처럼 헐떡거리는 두부와 새끼들을 추스른 후 서둘러 남은 길을 재촉했다.

어느덧 날이 밝아오자 연한 회색빛이 숲 안으로 번지고 있었다. 먼지처럼 휘날려 착잡함을 더하던 진눈깨비도 멈추었다. 완만한 경사길을 오르자 인간들이 마련해놓은 앉을 자리 건너로 굵은 소나무 한 그루가 서 있었다. 소나무의 양팔을 따라 길이 나뉘어 있고 정면으로는 쇠 울타리가 접근을 막고 버티었다. 우리는 거리낄 것이 없으므로 자연스레 산길 옆으로 빠져 금지된 숲으로 들어갔다. 울타리 옆 팻말에 인간들의 언어로 무어라 적혀 있었지만 알 바 아니었고 알 수도 없었다. 모두 긴장한 만큼 지쳐 있었고 목적지에 이른 안도감을 뉠 만한 자리를 어서 찾아야 했다. 어른들의 가벼워진 표정을 읽은 듯 기가 산 이구가 팻말 기둥에 한쪽 다리를 들고 조그만 고추로 물줄기를 쌌다.

한라산 둘레길 6구간 시험림길 (9.4km)
출입 통제 안내

산림연구 및 자연휴식년제로 출입을 금지.

※ 임시 개방 기간: 20□□년 □월 □□일 ~

20□□년 △월 △△일

숲길 이용 시간 14:00 이전

산불 조심 기간은 입산 통제

\* \* \*

어느덧 분홍색 참꽃이 흐드러져 무리의 정착을 축하했다. 조금 남쪽으로 내려왔을 뿐인데 오름 몇 개가 바람을 막아주어 확실히 포근했다. 무엇보다 이곳은 삼나무가 상대적으로 적어 키 낮은 나무들이 숨 쉴 만했다. 삼나무 줄기는 마치 하늘을 지붕 삼은 기둥 같아 나름 든든했지만, 그 그늘에 가려 작은 식물들은 우거지기 힘들었다. 덕분에 새로운 참꽃나무 숲은 전에 살던 곳에 비해서 오밀조밀했다. 이곳의 소박함이 마음에 드는 것은 우리뿐만이 아니었다. 뜯어먹을 여린 가지나 순 따위가 많은지 노루 무리가 자주 눈에 띄었고 장끼의 어수선한 울음소리도 충만했다. 인간 마을에서도 상당히 떨어져 있다는 사실이 무엇보다 마음에 들었다. 산을 떠돌아다니며 쌓인 경험이 무리를 굶주리게 하지는 않았지만, 최근 전에 없던 변화로 다들 고단함에 빠져 있던 것은 사실이었다. 새끼들이 태어나고 억새밭이 사라지고 곰 무리와 부딪히고. 필연과 우연이 겹친 사건들이 연이어 긴장된 꼬리를 잡아당기니 나도 편히 마음을 풀 기회가 없었다. 비자나무 앞 바위틈에 궁둥이를 밀어 넣고 게으름을 피우며 오래간만에 자유로워진 꼬리를 산들거렸다.

한번 날이 풀리기 시작하니 따뜻해지는 것은 금방이었다. 아직 높은 산에는 두꺼운 눈이 자리를 지키고 있었지만, 우리가 있는 곳 정도만 해도 거의 다 녹아 땅이 질척였다. 산 아래로 내려간 노루들이 슬슬 올라오기 시작할 시기가 되었다. 긴 다리를 뽐내는 멋있고 맛있는 짐승들은 머지않아 높은 산으로 올라가 새끼들을 낳기 시작할 것이다. 그때가 오면 제법 꼿꼿해진 귀와 두껍고 튼실한 다리를 가진 내 새끼들을 거느리고 그들의 뒤를 쫓을 것이다. 이구와 일구가 부러진 참나무 가지를 서로 차지하겠다고 아웅다웅하는 모양이 조금 살벌해진 것을 보니 괜히 믿음직했다. 삼구는 나를 닮아 코가 유별난지 진창을 발로 헤집으며 연신 킁킁거리며 놀고 있었다. 사구는 어제부터 옅은 물똥을 지리기 시작했다. 두부가 알아차리고 사구 곁을 돌며 녀석의 엉덩이 냄새를 수시로 맡았다. 어미가 확실히 각별하기는 하다. 사구 녀석이 뭔 자랑이라고 엉덩이를 내 쪽으로 들이밀었을 때 나는 지독한 똥 지린내에 당황하여 얼른 고개를 피했다. 어서 텁텁하고 달콤한 흙내로 코를 씻으려 드러난 비자나무 뿌리 사이에 얼굴을 파묻었다.

뿌리와 땅 사이 공간에 껴서 그 좁은 고요힘에 기대고 있노라니 나태함에 미뤄뒀던 불안감들이 떠올랐다.

'삼나무 숲은 어떻게 되었을까? 조만간 가봐야겠다.'
'억새숲이 있던 자리에 정말로 인간들 집이 들어섰을까?'
'워리는 아직 그곳을 배회하고 있을까? 초코는?'
'곰은… 녀석은 왜 무리를 이끌고 산길에 왔을까…?'

적응이란 것이 대충 끝나니 얼마간 홀가분하게 돌 틈에 묻어뒀던 고민도 돌아왔다. 나는 다시 걱정하고 계획을 세워야 하는 일상으로 복귀하고 있었다. 호기심 많은 내 새끼가 복귀를 재촉하는 명령을 귓등에 퍼부었다.

"아빠! 배고파!"

삼구는 저 예민한 코뿐만 아니라 먹성 좋은 배때기도 나를 닮은 게 분명했다. 해가 천장에서 내려오기 시작한 걸 보니 사냥 나갈 때가 되었다. 맞는 말이지만 굳이 닦달하는 녀석이 얄미워서 일부러 더 요란하게 일어나 몸을 털었다. 삼구가 한발 물러나 내 눈치를 보며 능청스럽게 실실 쪼개고 있었다. 미워할 수 없는 내 새끼를 위해 나는 무리를 호출했다.

종과 만두 모두 신수가 좋아졌다. 만두는 살도 약간 더 붙은 듯 보였다. 두부는 이제 새끼를 배기 전 모습으로 완전히 돌아왔다. 젖을 뗀 후 이곳에서 조리를 잘해 오히려 더 날렵해졌다. 이제 자기들도 무리의 일원이라고 네 남매가 엉터리 대열로 어미 옆에 섰다. 물똥이 좀처럼 멎지 않는 사구는 유난히 힘들어 보여 마음이 짠했다. 슬슬 사냥을 가르쳐보려 했는데 오늘은 안 될 말이었다. 그래도 확인차 두부에게 물었다. 새끼들에 관한 판단은 아무래도 두부의 의견을 우선으로 했다.

"오늘 사냥에 데리고 나가는 것은 무리겠지?"

두부가 그 와중에도 사구의 엉덩이 쪽을 계속 신경 쓰며 대답했다.

"안 될 것 같아. 물똥이 점점 심해지고 걷기도 힘들어해."

"면장. 우리끼리 빨리 다녀오자."

노루를 쫓을 생각에 몸이 달았는지 쫑이 재촉했다.

"그래. 두부는 새끼들 돌보고 있으라고 하고. 우리가 한 마리 잡아 오자. 아니면 저 아래 비탈에 저번에 먹다 남은 수컷 노루가 있긴 할 거야."

만두가 손쉬운 방법을 제시했지만, 굳이 그럴 필요는 없었다. 두부가 운신하지 못한 기간에 세 마리가 하는 사냥법이 단련되었으므로 새로운 녀석을 노려도 충분했다. 문제는 노루가 높은 곳으로 움직이기 시작하여 추적이 길어질 수 있다는 것이었다. 그동안 새끼들과 두부를 남겨 두는 것이 마음 쓰였다.

"걱정하지 말고 다녀와. 이제 애들도 다 컸어. 사구가 좀 괜찮아지면 나도 꿩이라도 쫓아볼게."

두부가 내 마음을 알아차린 듯 타일렀다. 일구와 이구가 가

습팍을 펴고 앉아 꼬리를 살랑거리는 것이 내심 미더워 그러기로 했다.

"그럼 사구 데리고 덤불 아래 **구덩이**에 들어가 있어. 새끼들 너무 멀리 못 가게 하고. 최대한 빨리 오겠다."

굳이 따라오겠다고 생떼를 부리는 삼구를 떼어놓느라 해가 다 넘어간 뒤에 출발할 수 있었다. 햇빛이 갈기를 걷어 올리자 두부가 새끼들을 데리고 덤불 속으로 들어갔다. 두부의 하얗고 차분한 머리가 빼꼼 드러나 나를 배웅했다. 그녀의 턱 아래로 올망졸망한 눈동자들이 지표면에 걸친 채 우리의 뒷모습을 바라보았다. 나는 여느 때와 다르게 몇 번을 뒤돌아보다 겨우 멀어졌다.

\*\*\*

뜻대로 되지 않는 사냥이 당황스러웠다. 날이 빨리 풀린 까닭인지 노루들은 상당히 빠르게 고지대로 움직여 있었다. 아직 이동하는 중인 노루들의 뒤를 밟았지만, 오르막의 경사가 급하고 조릿대 따위가 많아 번번이 허탕을 쳤다. 지형에 대해

미숙하다 보니 높은 자리를 먼저 장악하고 모는 사냥방식을 쓸 수 없었다. 익숙함에 앞선 노루들의 승리였다. 해가 올랐다가 다시 떨어졌지만, 위장은 텅 비어 있었다. 우리는 전에 사냥하고 남은 노루 사체를 찾아갈까 의논하다가 좀 더 산을 오르기로 했다. 이미 까마귀 떼가 뼈만 남겼을 것이고 고기가 조금 남아 있다고 해도 새끼들까지 먹이기에는 부실하다는 이유에서였다. 무엇보다 이참에 이 방면 산의 지형을 익혀서 유리한 자리들을 파악해놓을 필요가 있었다. 무리의 주력 사냥터 중 하나인 물이 찬 오름을 향해 북서쪽으로 방향을 틀면서 골짜기를 거슬러 오르기로 했다. 지나는 공간들을 신중하게 맡고 느끼면서 익숙함의 영역에 입력했다. 노루들이 예전보다 더 일찍 이동했다면 정상의 연못에 물이 가득한 자리에 상당수가 모여 있을 가능성이 컸다. 이대로 이동하다가 뒤로 처진 녀석을 잡아도 좋고 아니더라도 오름에 이르면 충분히 만회할 수 있으리라 생각했다.

도로를 받치고 있는 다리 아래에서 잠시 휴식을 취한 뒤 계곡 옆 그나마 순한 돌들을 골라 천천히 발을 내디뎠다. 골짜기를 타고 짙은 안개가 들어앉아 확실치 않았지만 우리는 어느덧 익숙한 냄새와 풍경에 가까워졌다. 계곡을 벗어나 조릿대

숲 위로 올라오니 안개의 밀도가 덜해서 답답함이 한결 나아
졌다.

"잠깐만!"

쫑이 짧고 날카롭게 지르며 조심스럽게 자세를 숙였다. 쫑
이 눈치를 주는 곳에 노루 한 마리가 천천히 코로 땅바닥을 긁
으며 움직이고 있었다. 나와 만두 역시 몸을 낮춰 혹시 모를
부주의를 경계했다.

"왜 혼자 있지?"

만두가 나지막이 속삭였다. 노루와 거리가 가까운 편이라
나는 극도로 조심하면서 주위를 살핀 후 말했다.

"아무래도 한 마리가 무리에서 뒤처진 것 같다. 안개 때문
에 잘 보이지는 않지만 멀지 않은 곳에 더 있긴 할 거야."

통통하게 살이 오른 암컷 노루였다. 우리가 충분히 배를 채
우고 난 후 두부와 새끼들 몫까지 챙겨갈 법했다.

"새끼를 밴 걸까?"

눈치 빠른 만두가 어른거리는 노루의 배 모양을 살피더니 말했다.

"그럴지도. 면장, 어떻게 할까?"

쫑은 벌써 달릴 준비를 하고 있었다.

"계곡 쪽으로 몰 수 있겠어? 평탄한 곳이라 위쪽으로 도망가기 시작하면 놓칠지도 모른다. 왼쪽으로 돌면서 계곡으로 몰아줘. 내가 계곡을 따라 직선으로 뛰다가 녀석 앞을 막지. 만약 새끼를 뱄다면 높게 뛰진 못할 거다."

만두와 쫑이 동시에 알았다는 신호를 보내왔다. 짧은 거리이므로 바로 승부를 보아야 했다. 함정을 파거나 매복할 여유가 없었다. 만두의 예상대로 새끼가 뱃속에 들었다면 낳기 직전이라 몸이 꽤 무거울 터였다. 내 지시와 함께 바로 뛸 준비를 하고 모두 다리 근육을 긴장시켰다. 너무 간절했던 탓인가? 쓸모없는 며느리발톱이 조릿대 줄기와 작은 마찰음을 일으켰다. 예민한 암컷 노루는 땅에 붙어 있던 대가리를 바로 치켜들었다.

"지금이다!"

쫑과 만두는 요란스럽게 푸덕거리며 조릿대를 헤치고 노루를 향해 대각선으로 뛰었다. 나는 고개를 돌릴 새도 없이 죽어라 계곡을 따라 내달렸다. 놀란 노루는 서둘러 제 짝을 부르며 도망치기 시작했다. 본능적으로 짝과 무리가 있는 위쪽으로 달리려 했지만 이미 날랜 쫑이 그쪽으로 달려오고 있었다. 당황한 노루는 만두가 몰아가는 대로 일단 계곡 쪽으로 방향을 틀었다. 나는 뒷다리로 땅을 힘차게 박차고 뛰어올라 앞을 막았다.

노루는 몇 번의 발작 이후 조용해졌다. 절박한 노루가 마지막에 본 것은 커다랗게 벌어진 내 아가리였을 것이다. 노루의 절박함 못지않게 나도 간절했기에 내 송곳니는 녀석의 목덜미에 정확히 꽂혔다. 산에 사는 짐승은 모두 각자의 절박함과 간절함을 가지고 싸운다. 오늘은 내가 이 투실한 암컷 노루보다 더 살 자격이 있었다. 배를 드러내 보이고 바닥에 고꾸라진 노루는 다리에 경련을 일으키며 버둥거렸다. 나는 아래턱을 꽉 다물고 강하게 털어 숨통을 끊어 놓았다. 최후까지 노루의 폐부로 넘어가려 시도하는 공기를 막아내면서 나는 가쁜 숨을 몰아쉬었다. 쫑과 만두가 경쾌한 발걸음으로 전리품을 누리기 위해 달려왔다. 그들의 차례를 어서 마련하기 위해 나는 식사에 들어갔다. 둔탁한 앞발로 갈비뼈를 짚은 후 부드러운 뱃가죽을 사정없이 뜯어내다 멈칫했다. 과연 새끼를 배고 있었다. 어미와 함께 죽어서 나온 새끼들은 세 마리였다. 나는 제 어미의 내장에 엉켜 있는 새끼 한 마리를 통째로 먹어 치운 후 물러났다. 쫑과 만두가 차례로 암컷 노루의 사체에 파고들었다. 뱃가죽이 무거워진 나는 계곡 옆에 비스듬히 박혀 있는 바위 위로 올라가 주변을 살폈다. 조릿대 숲이 끝나는 지점에 깎인 절벽 위로 수컷 노루 한 마리가 다가오는 것이 보였다. 상당히 좋은 체격으로 세 갈래로 나뉜 뿔이 돋아 있는 꽤 늠름해 보이는 녀석이었다. 한참을 서로 마주 보다가 수컷 노루는 개가 짖는 듯한 울음소리를 몇 번 내지르곤 사라졌다.

참꽃나무 숲으로 돌아가는 길은 이제 익숙했다. 물 찬 오름까지 접근로도 다져 놓았으니 날이 점점 따뜻해져도 문제가 없었다. 확실히 전보다 무리의 영토가 넓어졌다고 볼 수 있었다. 새끼들이 한창 커가니 마땅히 그렇게 되어야 했다. 새끼들을 위해 게워낼 양까지 꾸역꾸역 먹어댄 통에 걸음마다 속에 쌓인 고기들이 요동을 쳤다. 쫑과 만두는 두부에게 줄 갈빗대와 다리 짝을 하나씩 물고 뒤를 따랐다. 배불리 먹은 것보다 이번 사냥에서 개척한 경로에 다들 만족한 모습이었다. 가는 시간을 조금이라도 줄이기 위해 산길을 따라 내려가기로 했다. 계곡에서 바로 산길로 들어서 최대한 직선에 가깝게 보금자리로 향했다. 아직 쌀쌀한 아침 공기가 숲 전체에 가라앉아 있어 산길에는 아무도 없었다. 나는 실종될 뻔했던 자신감을 어느 정도 회복하여 마음이 좋아졌다. 여러 부침이 있었던 만큼 좋은 일들이 이어질 거란 기대도 생겼다. 사구의 물똥만 멎으면 다 될 것 같았다.

금세 색이 더욱 진해진 참꽃잎이 우리의 귀환을 환영했다. 질척이던 땅에 적절한 생기가 더해져 기분 나쁘지 않았다. 사구의 똥구멍도 고슬고슬하게 말랐을 것이라 짐작하며 가시나무 밑 덤불을 넘어 보금자리로 들어가 보았다. 두부는 새끼들의 성화에 못 이겨 까투리라도 잡으려 움직였는지 비자나무 주변이 한산했다. 만두와 쫑에게 고생해서 물고 온 고깃덩어리를 바위틈에 내려놓고 쉬게 했다. 둘의 헐떡거리는 소리를 뒤로하고 두부와 새끼들이 들어가 있던 움푹 파진 구덩이 쪽으로 걸어갔다. 대충 어느 방향으로 향했는지 짐작해보고 싶었고 위장 가득히 싣고 온 노루의 살덩이를 쏟아낼 자리를 찾고 있기도 했다.

구덩이 위를 덮고 있던 덤불이 정신없이 어질러져 있었다. 나뭇가지들이 각기 다른 방향으로 꺾이고 위에서부터 아래로 헤쳐진 모양새가 영 자연스럽지 않았다. 배 속에서 끓어오른 불안이 역류하여 목구멍까지 가득 차 있던 노루의 파편들을 밀어냈다. 허리가 들릴 정도로 꺽꺽거리며 토악질을 해댔다. 시큼한 악취가 코끝까지 돌아 눈이 매웠지만, 불안감은 여전히 빈 위장 속에 남아 있었다. 마음이 급해져 가시에 긁히는 것도 개의치 않고 서둘러 덤불 아래로 머리를 들이밀었다. 소화되지 않던 불안감이 끝내 모습을 드러냈다. 구덩이 안은 헤집어져 있었다. 웅크리고 있던 두부와 새끼들이 제 의지로 정연하게 빠져나간 것이 아니었다. 구덩이 표면을 필사적으로 할퀸 자국이 선명했다. 두부의 발톱에 의한 자국이 맞으리라. 그녀는 나의 부재를 탓할 새도 없이 필사적으로 저항한 것으로 보였다. 사구의 구릿한 똥 지린내도 더 이상 맡을 수 없었다. 나는 정신없이 덤불을 헤치고 나와 질척한 땅바닥에 코를 박았다. 누가 온 건지 어디로 간 건지 당장 파악해야 했다. 다행히 물기를 머금은 흙냄새는 여러 정보를 담고 있어 맡아내기 수월했다. 가시나무에서 산길까지 가는 쪽으로 발자국들이 있었다. 냄새로 두부의 것임을 확인했다. 발자국이라기보다는 거의 끌려가는 와중에 매달리는 모양이 땅에 흔적을 남긴 것이었다. 옆에 조잡한 자국들은 새끼들의 것이리라. 이제 내 불안감은 슬슬 분노로 바뀌고 있었다. 누굴까? 코는 여전히 땅을 긁고 있으면서 빠르게 용의자를 추렸다.

'곰인가? 곰이 내가 나간 틈에 습격을 한 것인가?'
'멧돼지인가? 우연히 길목을 지나던 멧돼지가 혼자 있는 두부를 만만히 보고 공격한 것인가?'
'아니면….'

생각의 연속이 끝나는 지점에 오랫동안 잊고 있던 거대한 발자국이 찍혀 있었다. 다시는 마주하고 싶지 않았던 녹슨 **쇠비린내**가 콧속을 찔러왔다.

"면장! 면장! 주변에 인간 발자국이…."

제 쪽에서도 불길한 흔적을 발견한 쫑과 만두가 급히 달려와 말을 하다 주춤했다. 나에게 무슨 이상이 생긴 것으로 여겨 놀란 듯 보였다. 분노는 두려움과 합쳐져 무력감을 불러들였다. 무력감은 다시 화살을 나 자신에게 돌리게 하여 어찌할 수 없는 울화를 일으켰다. 으르렁거리는 것도 아니고 끙끙대는 것도 아닌 괴이한 신음을 뱉으며 나는 정신없이 고개를 박고 냄새를 맡았다. 만두와 쫑은 당황하여 잠시 멀뚱히 서 있다가 이내 내가 하듯이 주변을 훑고 다녔다.

두부의 꼬리 끝에서 도망친 터럭 한 올이라도 발견하면 비로소 숨을 쉴 수 있을 것 같았다. 그때까지 냄새에 질식해 죽을 정도로 킁킁댈 참이었다. 인간들의 발자국은 조릿대를 지나 산길까지 이어져 있었다. 우리가 되돌아온 방향과 반대쪽이었다. 거추장스러운 조릿대를 거칠게 넘어 산길로 향해 가는데 안타까운 숨소리가 발길을 붙잡았다. 재빨리 고개를 돌려 소리가 나는 쪽을 바라보자 삼구가 낑낑거리며 힘겹게 뒤뚱거리고 있었다. 한달음에 앞으로 달려가자 삼구는 내 다리에 작은 궁둥이를 비비며 온몸을 떨었다.

"삼구야! 엄마는? 네 형제는 어디 간 거냐? 무슨 일이 있었던 거냐?"

　나는 급한 마음에 놀란 삼구를 돌보지 않고 혼내듯이 닦달했다. 삼구는 겁에 질려 대답은 못 하고 여전히 몸을 바르르 떨며 내게서 떨어지지 않으려고만 했다. 삼구의 뒷덜미를 물어 올려 비자나무 아래로 갔다. 우리를 발견한 쫑과 만두도 그쪽으로 모였다. 만두가 걱정스러운 표정으로 삼구를 품고 연신 핥아주었다. 만두의 체온에 조금 안심이 되었는지 삼구는 기절한 것처럼 잠에 빠져들었다. 숲에 허무한 긴장이 옅게 깔려 있었는데 산은 끝끝내 그것을 붙잡아 두려 빠르게 어둠으로 짓눌렀다. 지쳤을 쫑과 만두에게 두부 몫으로 가져온 고기 일부를 먹고 쉬게 했다. 잠에서 깬 삼구에게 게워낸 살덩이들을 조금 먹였다. 나는 핏대가 올라 벌게진 눈을 밤새 뜨고 있었다.

# 돌덩이

하늘을 보고 드러난 죽은 노루의 갈빗대처럼 움푹하게 들어간 구덩이의 곡선 아래에는 이제 막 태어난 듯한 핏덩이들이 꿈틀대고 있었다. 나를 닮은 누런 털도 두부를 닮은 하얀 털도 온데간데없었다. 시뻘건 핏빛으로 물들어 서로 엉겨 있는 꼴이 흡사 노루의 내장 같기도 하고 얼마 전 씹어먹은 배속의 새끼 노루 같기도 했다. 혼란스러운 마음에 속이 역해져서 사는 동안 먹어온 모든 것을 토하고 싶어졌다. 간신히 혀를 날름거리며 고개를 들었을 때 덤불 위에 두부의 머리가 떠 있었다. 두부는 아무 말도 하지 않고 나를 내려다보고 있었는데 그녀의 입가에서 침인지 피인지 모를 끈적한 것이 흘러 내 이마에 떨어졌다. 그 끈적한 액체가 눈가를 타고 흘러 목덜미에 걸리자 나는 정신을 차렸다.

얼마 동안 잠을 자지 못했다. 피로가 몸을 다 장악하여 깊게 절이고 있었지만 나는 잠이 드는 것을 극도로 경계하고 있었다. 아마도 인식할 수 없는 꿈에 빠져 현실에서 벌어지는 나의 부재를 반복하고 싶지 않아서였을 것이다. 대신 꿈도 아닌 망상도 아닌 것을 반복하며 깨어 있음과 잠듦의 경계에서 위태롭게 걷고 있을 뿐이었다. 나의 무기력과 침묵이 무리에게 큰 부담이 되어 쫑과 만두는 눈치를 봐가며 조용히 움직였다. 삼구는 내가 어딜 가려는 움직임만 보여도 쫓아오려 했지만 대부분 시간에는 나를 꺼리는 듯 만두의 품 안에 있었다.

잠을 자지 않게 된 때부터 나는 거의 먹지 않고 있었다. 이따금 쫑이 물어다 주는 꿩 날개를 조금 뜯다가 그만두었다. 배고픔을 느끼지 않는 것은 아니었으나 굳이 먹이를 줘서 내 안에 불안감과 분노를 살찌우고 싶지 않았다. 우두머리로서 민망한 모습을 언제까지나 보일 수는 없었지만 나는 딱히 방법이 떠오르지 않았다. 내가 자리를 박차고 일어나 다시 노루를 쫓으려면 이 상황을 인정해야 할 것이다. 그런데 그 인정이라는 것이 포기 같아 보여 함부로 마음먹기가 되질 않았다. 두부가 이제 없다는 것을 인정하고 그녀가 애초에 없었던 존재라고 여겨야 하는 것인가? 새끼들은 애초에 태어나지도 않았고 그나마 남아 있는 삼구는 어디선가 떨어진 강아지라고 생각하면 되는가? 그렇게 현실을 받아들이고 살아내는 것 자체가 나에겐 비겁하게 느껴졌다. 나는 살고 싶은 게 아니라 알고 싶었다. 두부와 새끼들이 어디로 간 건지? 그들은 왜 **끌려갔는지?** 아는 것이 먼저였다. 사는 것은 그 후에 차차 생각해볼 것이었다.

만두의 정성 어린 혀 놀림에 조금 긴장이 풀린 삼구는 그날 일을 더듬더듬 얘기해주었다. 우리가 사냥에 나서고 날이 밝자 한 무리의 인간들이 산길에 나타났다고 한다. 그들은 요란한 소리를 내는 기계를 가져와 산길 주변을 덮고 있는 나무나 잡풀들을 잘라냈다고 한다. 인간들의 갑작스러운 출현에 놀란 두부는 각자 놀고 있던 새끼들을 덤불 밑 구덩이로 불러 모았다. 산길과 보금자리는 어느 정도 떨어져 있기는 했으나 보이지 않을 정도로 먼 거리는 아니었다. 잠시 조용해지는가 싶더니 인간 몇몇이 조릿대를 헤치고 구덩이 쪽으로 접근해왔고 그중 덤불에 붙어 오줌을 누던 자가 몸을 숨기고 있던 두부와 새끼들을 봤다고 했다. 두부는 미간을 잔뜩 구기고 으르렁거렸고 그들은 저들끼리 뭐라 얘기를 나누곤 순순히 물러났다고 한다. 그런데 사달은 다음 날 이른 아침에 났다. 아무래도 불안했던 두부는 구덩이를 떠나려 했던 것 같다. 새벽녘, 우선 일구, 이구, 삼구에게 비자나무 뒤로 조금 더 들어가면 나오는 **산담**에 가 있게 했다. 그리고 그녀는 연이은 물똥으로 다리에 힘이 풀린 사구를 챙겨 뒤따르려 했던 모양이다. 그때 가쁜 엔진소리를 내며 트럭이 나타났다고 했다. 미처 구덩이에서 나오지 못한 두부와 사구를 에워싼 인간들은 그물을 쳐 덤불 뒤를 막았다. 그리고 실랑이 끝에 긴 막대기에 달린 올가미 같은 것으로 두부를 낚아챘다고 한다. 어미 옆에 붙어있던 허약한 사구는 인간 손에 들려 나왔다. 비명을 지르며 발버둥 치는 제어미의 모습을 보고 피가 끓은 일구와 이구는 겁도 없이 그쪽으로 튀어 나갔다가 그대로 인간들에게 잡히고 말았다. 어딘지 분주해 보이던 인간들은 다행히 삼구가 코를 박고 있던 산담까지는 와보지 않고 발길을 돌렸다고 한다. 우리가 돌아올 때까지 삼구는 산담에 낀 돌덩이가 된 듯 굳어서 바들바들 떨고 있을 뿐이었다.

나는 인간들을 이해할 수 없었다. 나는 그들과 함께 있었던 적은 있으나 그들과 진정으로 함께 살았던 적은 없어 그들과 대화할 줄 몰랐다. 만약 그들이 우리에게 참꽃나무 숲을 떠나기를 요구했다면 우리는 순순히 떠났을 것이다. 그들이 우리보다 훨씬 강하고 큰 무리라는 것쯤은 아무리 인간에 대해 무지한 나도 알고 있었다. 하지만 그들은 우리의 의사를 물어볼 생각이 전혀 없었다. 자기들의 편의대로 개들에게 이런저런 괴상한 이름을 붙이듯 우리를 그들 마음대로 규정했고 그에 대해 알려주지 않았다. 우리를 곰의 무리라고 판단했을 수도 있다. 아니, 지금 곰의 무리가 아니라고 해도 상관없이 언제든 곰의 무리처럼 될 수 있다고 여겼을 수도 있다. 그럼에도 우리는 결백했다. 우리는 그들의 것을 해치고 뺏은 적이 없다. 나와 무리는 참으로 결벽증이라 할 정도로 산이 주는 것에만 신경을 쏟았다. 그래서 우리는 억울했다.

끌려가는 와중에 필사적으로 이빨을 드러내고 저항하는 두부가 그들에게는 송아지를 잡아먹는 사나운 들개처럼 보였겠지만, 죽지 않으려 공포에 맞서는 짐승의 사나움은 비슷한 모습이다. 그렇기에 나는 그들의 의도가 궁금했다. 순응하고 앞으로 살아내기에 앞서 나는 이유를 알고 싶었다. 산에서 내려가 그들과 마주한다고 해도 우리는 서로의 말을 이해하지 못할 것이다. 그렇다고 해도 나는 의문을 제기하고 싶었다. 내가 산에 내려가 그들에게 가려고 하는 것은 묻기 위해서지 답을 얻기 위해서가 아니다. 답을 구하는 것은 일단 인간들을 만난 이후에 할 일이었다. 그리고 두부와 새끼들을 찾아야 했다. 곰이나 멧돼지가 내 짝과 새끼들을 데려간 것이 아닌 이상 그들은 산 아래 인간들이 있는 곳에 있을 터였다. 인간들이 두부와 새끼의 행방을 말해줄 리도 없고 말해준다고 해도 알아듣지 못할 것이다. 그러나 마찬가지로 산 아래에서 두부와 새끼들을 찾는 것은 일단 내려간 이후에 내가 할 일이었다. 목덜미에 붙은 진드기를 신경질적으로 긁어내고 나는 갈비뼈가 드러난 누런색 몸통을 일으켰다.

마침내 몸을 일으켜 바위틈에서 나오는 나를 보자 쫑과 만두가 반가운 마음에 바로 달려왔다. 다시 갓 태어난 새끼가 된 듯 멍청해진 삼구가 만두의 뒤꽁무니를 쫓아왔다.

"좀 괜찮아? 통 자지도 않고 먹지도 않았잖아…. 우리가 가서 꿩이라도 잡아 올까?"

만두는 야위어가는 내가 걱정스러운지 머리를 연신 기웃대며 살뜰하게 물어왔다. 쫑은 내가 긴 침묵을 깨고 무슨 말을 할 것인지 불안해하며 초조하게 앉아 있었다.

"산 아래에 좀 가봐야겠다."

나는 만두의 걱정에 답하지 않고 초점 없는 눈으로 입을 열
었다.

"무슨 소리야. 지금 몸 상태도 좋지 않은데."
"면장, 지금 상황에서 산 아래까지 움직이는 건 너무 위험해."
"그래. 우리가 다 산 아래로 가면 삼구는 어떻게 하려고?
삼구까지 데리고 가기에는 먼 길이야. 그러지 말고….."

쫑과 만두는 내가 정상이 아니라고 보는 것 같았다. 제대
로 된 판단을 할 수 없는 우두머리를 어떻게든 붙잡아 두기 위
해 자기들끼리 말을 맞춘 듯했다. 내 몸 밖으로 달아나려는 정
신을 붙들기 위해 그들은 나 대신 싸워주고 있었다.

"다 같이 가자는 게 아니다. 산 아래는 나 혼자 간다."

둘의 걱정과 설득을 다 듣지 않고 나는 말을 잘랐다.

"혼자 가겠다니 그건 더 안 될 말이야. 지금 상태로는 가다

가 무슨 일을 당한다고 해도 전혀 이상하지 않아."

쫑이 정색을 하면서 몸을 일으켰다.

"정 가겠다면 나도 같이 가겠어. 만두는 삼구를 보살피기 위해 남고 나랑 같이 내려가자."

쫑은 간곡하게 말했다. 그는 진심으로 나를 잃는 것이 두려워 보였다. 무리의 세력이나 생존능력 때문이 아닌 순수한 우정에 의한 것임을 나는 의심치 않았다. 그렇기에 나는 반드시 혼자서 가야 했다. 산에 내려가 인간들을 마주한 뒤에 감당해야 할 막막함과 무력함은 오직 나에게만 주어져야 하는 짐이었다.

"우리 둘 다 내려가면 저번 같은 일이 또 벌어질지 모른다."

만두와 쫑이 동시에 내 말을 가로막으려는 것을 앞질러 덧붙였다.

"대신에 둘이 해줄 일이 있다. 이제 여기도 더 이상 안전하지 않아. 삼구를 데리고 물 찬 오름으로 올라서 새로운 근거지를 찾아줘. 산 아래에서 볼일이 끝나면 나도 그쪽으로 합류하겠다."

대충 무슨 일이 벌어질지 예상한 삼구는 갑자기 낑낑대며 내 쪽으로 기대려 했다. 나는 내 새끼의 간곡한 무게를 감당하기 힘들어서 일부러 몸을 뒤로 뺐다. 잠깐 휘청거리는 삼구를 만두가 챙겨 품 안에 넣었다. 평소라면 계속 주절거리며 잔소리했을 만두인데 슬픈 표정을 지으며 고개를 떨구고 있었다. 아마도 그녀는 나를 막지 못할 것을 빨리 알아차린 듯했다. 그런 그녀의 야무진 면이 삼구에게 더 알맞았다. 체념한 것은 쫑도 마찬가지였다. 그는 나의 명령이 의미하는 바가 무엇인지 알고 있었다. 답답한 마음을 내리려 짧은 하품을 몇 차례 하던 그가 힘겹게 대답했다.

"그래. 따를게. 조심해서 다녀오고 오름 직전 계곡쯤에 자리를 잡을 테니 꼭 그곳으로 오도록 해."

쫑이 마지막에 무언가 한마디 더 붙이려다 말고 고개를 돌렸다. 나는 대답 없이 둘을 잠시 지그시 바라보고 뒤를 돌아 움직였다. 제 어미를 닮은 삼구의 오동통한 볼살을 한번 핥아 주고 싶었지만, 그리하지 않았다. 가능하다면 내 존재를 잊어 아예 부재를 느끼지 않는 게 삼구의 생존에 도움이 될 것으로 생각했다. 조릿대 사이를 비집고 나와 비탈을 올라가니 왕벚 꽃이 탐스럽게 피어 있었다. 두부의 하얗고 보들보들한 볼살이 생각나 한참을 올려다보았다. 산 아래에도 벚꽃이 피어 있다면 그래도 힘이 될 것만 같았다.

*＊＊

산 아래로 내려가는 길에서 나는 유불리를 따지지 않고 가장 빠른 경로를 잡았다. 그러다 보니 자연히 곰의 영역을 지나게 되었지만, 전혀 개의치 않았다. 곰이 나에게서 빼앗을 수 있는 것이라고는 이제 내 목숨 하나밖에 남지 않아서 나는 홀가분하게 녀석의 영토를 가로지를 수 있었다. 우리 무리가 떠나온 삼나무숲에 잠시 들렀다. 두부가 새끼들을 세상으로 꺼내놓은 굴은 변함없었다. 나는 굴 앞에 드리워진 나무뿌리 밑에서 잠시 엎드려 쉬었다. 감히 안에는 들어갈 생각을 못 했다. 아마도 한번 들어갔다가는 다시 나오지 못하리라 짐작했다. 두부와 새끼들이 안에서 나를 불러주길 바라면서 밝은 녹

색 이끼가 타고 오르기 시작하는 삼나무 기둥들을 바라보았
다. 아무리 기다려도 그들이 나를 불러주지 않았기에 나는 해
가 뜨자 굴 앞에서 떠났다. 산길을 따라 억새밭 쪽으로 내려갈
까 하다가 그대로 오른쪽으로 돌아 시멘트 길로 나갔다. 시멘
트 길은 인간들이 노루를 가둬 키우는 공간으로 이어졌다. 그
곳을 내려다보고 있는 오름을 바로 넘으면 넓은 공터와 커다
란 건물들이 있었다. 내 영토는 그 공터 맨 위에 있는 거대한
**돌덩이**에서 끝났다. 어차피 산 밑은 인간들로 가득하여 어디
로 가도 되었겠지만 나는 내 영토 끝자락에서부터 황망한 여
정을 시작하려 했다. 인간들 무리를 빨리 만나면 만날수록 좋
겠지만 그래도 우리의 영역 테두리 안에서 행동을 개시하려는
이유가 있었다. 혹시 모를 요행으로 두부와 새끼들이 자유로
워졌다면 그녀는 우선 영토 안으로 들어오려 노력할 것이었
다. 그래서 내가 그녀를 때맞춰 마중 나갈 수도 있겠다는 희망
이 나를 그 돌덩이 쪽으로 이끌었다.

다행히 아직 이른 아침이라 시멘트 길을 따라 굽어진 산책
로에는 인간들이 보이지 않았다. 그래도 길의 중간에서 걷지
는 않고 가장자리 덤불에 몸을 붙여 빠르게 움직였다. 이윽고
다다른 오름의 기슭을 돌아내려 갔다. 저 위의 숲보다 봄꽃은

점점 더 가득해져 갔다. 완만한 오름의 경사면은 여러 향기가 뒤섞여 복잡했다. 나는 간헐적인 어지러움을 참고 비탈의 덤불을 푸석거리며 바쁘게 달렸다. 비로소 거대한 돌덩이의 모습이 드러나기 시작했다. 일단 돌덩이 주변을 돌아본 후 인간이나 두부의 자취를 찾지 못하면 그곳에서 서쪽으로 갈 작정이었다. 거기에는 사라진 억새밭과 그 주변의 터줏대감인 워리가 있었고 인간 마을에 대해 곧잘 알고 있는 그녀에게 뭐라도 물어봐야겠다고 생각했다. 돌덩이 직전에 펼쳐진 방목지를 빠르게 가로질렀다. 흩어져 풀을 뜯고 있던 말 중 몇몇이 나를 발견하고 위협하듯 접근했지만, 그들과 충돌하기 전에 빠르게 울타리 밑을 기어서 방목지 밖으로 나갔다.

나를 기다린 것인가? 돌덩이 주변은 많은 인간들이 우글거리고 있었다. 평소에는 인적이 드물다가 어쩌다 이맘때쯤 인간들이 모이는 자리임은 알고 있었다. 오늘이 마침 그날인가 싶었다. 경계를 살피는 남자들의 시선을 피해 동백나무 아래 우거진 덤불로 기어서 들어갔다. 저들에게 질문을 하기 전에 우선 바글바글 모여서 무엇을 할 작정인지 살펴보려고 했다. 온통 **검은색투성이**였다. 검은색 옷을 입은 인간들이 몇몇은 앉아 있고 몇몇은 서 있었다. 검은색 차들이 바삐 드나들며 검은색 인간들을 토해내고 있었다. 차분한 회색빛을 띠어 그 자체로 안온했던 돌덩이에다가 무슨 짓을 한 건지 이미 다 떨어진 동백꽃을 덕지덕지 붙여 놓았다. 심드렁한 표정의 인간들은 앞에 앉고 슬퍼하는 인간들은 뒤에 앉았다. 그들은 돌덩이 앞에 작은 연기를 피워놓고 어떤 의식을 치렀다. 심드렁한 인간들이 그 연기에 차례로 왔다 갔다 했다. 이윽고 여러 소리가 울려 퍼지고 심드렁한 인간들이 또 순서대로 앞으로 나와 말을 하기 시작했다. 슬퍼하는 인간들은 가만히 듣고 있었다. 단체로 저 돌덩이에 무엇을 빌고 있는 건지 알 수 없으나 무엇이 되었든 무심한 순서로 앞에 서는 모양이었다. 앞에 선 순서대로 저들의 우두머리일 것이다. 인간들의 우두머리들은 무심했다. 아니면 무심해서 우두머리가 되었을 것이다. 쓸쓸하고 차분해서 마음에 들어 했던 돌덩이 냄새는 묻혀 버렸다. 검은 옷을 입은 인간들의 무거운 체취와 그들의 손짓과 함께 퍼져 가는 연기 냄새에 짓눌려 찾아보려 해도 도저히 맡을 수가 없었다. 슬퍼하는 인간들은 그리운 냄새가 사라져버려 서운해서 우는 것일 수도 있다.

내가 질문할 대상은 앞에 앉은 저들의 우두머리들이었다. 큰 무리이기에 우두머리가 하나가 아닐 수 있어 나는 맨 앞줄에 앉은 제일 무심한 이들이 전부 우두머리일 것이라 짐작했다. 개의 짖음으로만 들릴 나의 질문이 그들에게 닿을 수 있을지 확신하지 못했지만 이미 마음을 먹은 나는 덤불 밖으로 뛰어나갔다. 그리고 그들이 나를 충분히 알아챌 수 있을 정도로 천천히 걸어갔다. 경계를 지키던 몸이 큰 남자들은 나의 출현에 당황했는지 어찌할 바를 모르고 잠시 행동을 주춤했다. 나는 그들을 유유히 지나 누가 봐도 딱딱한 얼굴을 한 우두머리들에게 다가갔다. 우두머리들도 이내 나의 존재를 발견했지만 황당하다는 표정으로 멀뚱거리기만 했다. 자기 순서에 말을 하고 있던 그들 중 한 명도 잠시 말끝을 흐렸다. 나는 노루에게 돌진하는 기세로 자세를 낮추고 마침내 질문을 쏟아냈다.

"왜? 왜 데려간 거지? 두부와 새끼들을 왜 데려간 거냐?"

나는 그동안 소화되지 않고 남아 있던 분노와 좌절을 모두 토해낼 기세로 거칠게 짖어댔다. 나의 짖음에 우두머리들은 순간 표정이 바뀌었다. 마치 귀신을 본 듯한 겁먹은 표정을 짓는 이도 있었고 재빨리 뒤로 물러나 몸을 숨기려는 자도 있었다. 심드렁했던 그들의 얼굴에는 이제 공포, 놀람 그리고 경멸이 펼쳐져 있었다. 나는 내내 무심했던 그들이 갑자기 유심해진 게 마음에 들지 않아 더 우렁차게 짖었다.

"말해! 내 짝과 새끼들은 어디 있나? 우리에게 왜 그런 거냐?"

공터에 모여 있던 인간들은 모두 혼란스러운 듯 웅성거렸다. 겁에 질린 그들 중 몇이 경계를 지키다가 뒤늦게 나를 쫓아온 큰 남자들에게 호통을 쳤다.

— 어 어어, 지금 뭣들 하는 거야? 이 개새끼 빨리 끌어내!
— 어떻게 했길래 웬 개새끼가 행사장에 들어오는 거야?
— 너희들 다 징계 먹고 싶어! 빨리 잡아!

알아듣지 못했지만 나를 보고 하는 말이 아니므로 내 질문에 대한 답은 아닐 것으로 생각했다. 대신 나는 더 맹렬하게 짖으며 상체를 앞으로 들이밀었다.

순간 강한 충격이 등허리에 전해졌다. 내가 고통을 느끼는 것보다 빠르게 쇠막대기가 내 몸을 내리치고 갔다. 이빨을 드러내고 바로 뒤돌아서 방어 자세를 취했다. 몸이 큰 남자들이 검고 긴 쇠막대기를 저마다 쥐고 나를 에워쌌다. 일부는 자기들의 우두머리들에게로 달려가 그들을 감싸고 물러나기 시작했다. 남자들 사이로 비집고 나갈 틈을 찾으려 하자 그들은 일제히 꼬나쥐고 있던 쇠막대기로 나를 때리기 시작했다. 그것들이 몸통을 타작할 때마다 찢어질 듯한 고통이 뼈마디에 쌓이는 듯했다. 그러나 나는 내 아버지와 달리 그들에게 맞아 죽을 생각은 없었다. 죽여서 매질한다면 그것은 내 의지 바깥의 일이라 어쩔 수 없겠지만 오기가 가득 서린 눈깔을 뜨고 있을 때는 안 될 말이었다.

나는 개중 망설임이 있던 쇠막대기를 입으로 물어 강하게 당겼다. 그 막대기를 쥔 남자는 나에게 그것을 빼앗기지 않기 위해 힘껏 당기고 있었다. 힘의 균형으로 팽팽해지자 뒤에 있던 자들이 나를 강타하기 시작했다. 비명을 지르느라 나는 그 쇠막대기를 놓아버렸다. 그 남자가 제힘을 못 이겨 뒤로 휘청하자 빠져나갈 만한 공간이 보였다. 출구를 향해 걸쳐있는 남자들의 다리를 세차게 헤치고 튀어 나갔다. 마침내 포위를 뚫은 나는 이 상황을 묵묵히 내려다보고 있는 돌덩이 옆으로 달려갔다.

─탕!

내 뒤를 쫓던 남자들 사이에서 요란한 굉음이 터져 나왔다. 총소리였다. 산 중턱에서 사냥하는 인간들에게서 몇 번 들어봤던 소리였다. 내 몸은 다행히 그 간결한 공포를 기억하고 있었다. 나는 순간 움찔한 뒤 뒤도 돌아보지 않고 오름 너머로 달려갔다. 인간들과 나는 서로 이해할 수 없는 말들만 반복하다가 무엇이든 이해시킬 수 있는 폭력으로 뒤엉켰다. 그것이 유일한 소통의 모습이었지만 나는 생존이라는 짐승의 구차한 본능으로 도망쳤다. 폭력도 도망도 본능이다.

\*\*\*

흥분이 가라앉은 내 몸은 조직마다 비명을 질러댔다. 오름 기슭의 조릿대가 우거진 쪽으로 들어가 급하게 자신을 살폈다. 성한 데가 없었다. 당장 눈앞에 보이는 몸뚱어리는 여기저기 검붉은색으로 얼룩져서 부어올랐고 오른쪽 뒷다리 발톱이 뜯겨 피가 흐르고 있었다. 쇠막대기를 물어 발광할 때 혀를 깨문 것인지 입안에서는 비린 맛이 가득했다. 왼쪽 눈두덩이가 몹시 쓰라리고 무거워지는 것이 분명 부어오르고 있을 터였다. 그래도 살아 나왔다는 치졸한 기쁨 때문인지 아니면 인간과 대화해보겠다고 나선 아둔한 생각이 어이가 없어서인지 나도 모르게 웃음이 흘러나왔다. 무리가 보았다면 영락없는 미친개로 생각했을 것이다. 그래서 역시 혼자 내려온 것은 잘한 결정이라 생각했다. 남자들은 다행히 나를 멀리까지 뒤쫓지 않았다. 내가 방목지를 넘어 오름의 우거진 숲속으로 들어가는 것을 확인하고는 모두 돌아갔다. 이대로 해가 질 때까지 수풀 속에 숨어 쉴까 고민하다가 나는 다시 후들거리는 다리로 딛고 일어섰다. 강인한 의지로 그리 한 것이 아니었다. 가만히 누워 있다가는 사정없이 두들겨 맞은 온 관절이 끝내 부어올라 꼼짝도 못 할 것 같았다. 붓기가 차오르기 전에 최대한 움직여야 했다. 나는 겁에 질린 노루 새끼처럼 조릿대 키 아래로 몸을 숙여 조심스럽게 오름을 내려갔다. 일단 할 수 있다면 억새밭이 있던 자리까지는 가볼 생각이었다.

돌덩이 뒤편으로 솟은 오름에서 억새밭까지는 원래 지척이었지만 절뚝거리는 다리로는 반나절이 넘게 걸렸다. 산 아래의 벚꽃은 이미 잎을 떨구어 휘날리기 시작했다. 반가운 마음에 잠시만 눈길을 주어도 샛바람에 금세 뒤돌아서 흩어져버렸다. 선득선득한 한기를 머금은 바람이 멀리서부터 잿빛 구름을 가져오고 있었다. 집요하게 내 걸음을 따라잡은 구름 떼가 하늘을 다 가려놓고서야 나는 한때 억새밭이었던 곳에 도착했다. 워리 말대로 그곳에는 한참 집들이 지어지고 있었다. 인간들은 억새를 파헤치고 흙을 뒤집어 자신들이 만들어 낸 돌로 재구성하고 있었다. 우리의 집을 파헤친 후에 저들의 집을 부지런히 세우고 있는 모습을 직접 확인하니 맥이 빠졌다. 콧방울에 응어리가 뭉쳤는지 아무리 킁킁대도 피비린내만 가득했다. **빗방울**이 하나둘씩 아스팔트 위를 때리기 시작하자 쿵쾅거리던 인간들이 돌아갔다. 눈치를 살피던 나는 슬 그머니 도로로 내려와 워리의 냄새를 찾았다. 비록 코가 맛이 간 상태였지만 인정 없는 빗물이 남은 냄새마저 쓸어버리기 전에 무엇이든 잡아내야 했다.

메말라 죽은 나무들 같은 회색 골조들 사이에서 나는 워리의 흔적을 찾을 수 없었다. 늙은 만큼 간사한 그녀를 붙잡고 무슨 소식이라도 얻고 싶었으나 그녀는 이제 더 이상 이곳을 다니지 않는 것으로 보였다. 눈치 빠른 늙은 개가 이미 다른 안전한 곳으로 몸을 피했을 수도 있고 아니면 어딘가에 쓰러 져 죽어 있을 수도 있었다. 그럴 만한 나이이기도 했으니까 굳이 슬프거나 불안하지는 않았다. 그러나 나의 미련한 발걸음은 허무하게 되어버렸다. 점점 굵어지는 빗방울은 그렇지 않아도 위태로운 벚꽃잎을 사정없이 내리치기 시작했다. 나는 문득 우리가 처음 자리 잡았던 삼나무 숲을 생각했다. 장대비가 제아무리 굵다고 해도 우직한 삼나무 줄기에는 비할 바가 아니었다. 그래서 빗소리가 아무리 커져도 그곳만의 고요함이 있었다. 억새를 대신해서 가득 돋아있는 돌기둥들은 그런 맛이 전혀 없었다. 나는 삭막하기 이를 데 없는 공간에서 그대로 비를 맞고 있었다. 기둥 사이로 들어가면 그런대로 젖는 것은 피할 수 있을 테지만 사위를 압박하는 공허함을 감당할 몸 상태가 아니었다.

빗물에 온몸을 푹 절인 뒤에야 나는 붓기 때문에 둔해진 다리를 끌고 숨을 곳을 찾았다. 차가 드나들도록 말끔하게 포장한 아스팔트 길은 빗물을 받아줄 아량조차 없이 차가웠다. 물에 젖은 아스팔트는 유난히 더 진한 검은색으로 변해갔다. 땅에 스며들지 못하고 흐르는 빗물은 작은 개울처럼 길가를 따라 흘렀다. 발톱이 들린 다리가 지면에 닿을 때마다 쓰라려 나는 물길을 최대한 피하면서 도로를 따라 내려갔다. 마을 외곽에 버려진 빈집이 있으면 잠시 몸을 숨길 요량이었다. 그마저도 안 되면 넝쿨이 우거진 어디라도 일단 들어가 있으려 했다.

깨금발로 얼마쯤 걸었을 때 내리막길을 따라 흘러가던 물줄기가 무언가에 부딪혀 돌아가고 있었다. 길이 막힌 빗물은 장애물을 둘러싸고 그것을 조금씩 밀어내려 했다. 빗물마저 인간이 만들어낸 색을 닮아 장애물이 무엇인지 구별할 수 없었다. 조금 더 가까워졌을 때 짙은 갈색의 터럭 비슷한 것이 드러나 있어 길고양이가 죽어 있는가 싶었다. 예상치 못한 허기가 불쑥 고개를 들어 나를 재촉했다. 아마도 살기 위해 나타난 것이리라. 인간들과 부딪혀 파괴된 조직을 무엇이라도 먹어 회복해야 한다고 허기는 울부짖고 있었다. 나는 점점 더 속도를 높여가는 물줄기에 그것을 빼앗기지 않기 위해 서둘러 쩔뚝거렸다.

코앞에서 보니 역시 죽은 짐승이었다. 하도 납작하게 뻗어 있어 인간들이 버린 털옷이나 인형 따위일까 잠시 생각했다. 그러나 죽은 지 오래되어 바짝 말라 있던 고기 썩는 냄새가 빗물에 되살아나 그것이 짐승임을 깨달았다. 이 가련한 짐승은 네 다리를 사방으로 뻗은 채 아스팔트와 완전히 하나가 되어 있었다. 아마도 차에 치인 후에 육중한 기계가 재차 밟아 버린 것 같았다. 아니면 처음부터 거대한 차가 짜부라뜨리고 지나 갔을 수도 있다. 야속한 빗물은 그 짐승에게서 터져 나온 체액의 자국을 살뜰하게 씻어 내려가고 있었다. 나는 납작하게 펼쳐진 사체에다 코를 대고 킁킁댔다. 꼬불꼬불한 털 가닥이 자꾸 피딱지 않은 콧방울을 건드려 눈이 매웠다. 죽어 자빠진 이 작은 개를 취해봐야 과연 나의 피와 살이 얼마나 돌아오겠는가? 나는 추잡스러운 욕구를 접어 삼켰다. 녀석을 여기다 데려다 놓은 나의 부끄러운 배려였다. 나는 빗물에 서서히 불리는 납작한 털 뭉치에서 무겁게 물러났다. 공터 끝에 버려진 합판과 자재들이 쌓인 공간 밑으로 조심히 들어가 엎드렸다. 그리고 초코의 사체가 어서 빗물에 쓸려가기를 바랐다.

# 약해지면 악해질 수 있는

무리에 돌아온 뒤에도 나는 쭉 혼자였다. 벚꽃은 산줄기를
타고 부지런히 하늘로 오르고 있었다. 나는 피어나는 꽃송이
를 따라 더듬더듬 물 찬 오름으로 되돌아왔다. 공사장에 떨어
져 있던 음식 찌꺼기와 전신주에 대가리를 박고 죽은 멧비둘
기가 아니었다면 나는 꼼짝없이 허무에 갇혀 죽어갔을 것이었
다. 불행인지 다행인지 모를 우연 덕분에 나는 다시 숲에 돌아
올 수 있었다. 쫑은 만신창이가 되어 나타난 나를 보고 깊은
한숨을 내쉬며 괴로워했다. 만두는 호들갑을 떨며 걱정스레
이것저것 물어보았지만 나는 별 대답을 하지 않았다. 삼구는
기괴하게 부서진 내 모습이 두려운 듯 머뭇거리며 가까이 다
가오지 못했다.

쫑과 만두가 급하게 정한 거처는 나름 훌륭했다. 오름의 완만한 동쪽 비탈에 기대어 있는 비자나무 아래였는데 앞쪽으로 골짜기를 면하고 뒤로는 바위 절벽이 있었다. 드나들기는 편하고 바깥에서는 잘 보이지 않는 곳이었다. 쫑과 만두는 바위 아래 나무줄기가 얽혀 동굴처럼 된 곳에 자리를 잡고 삼구를 돌보고 있었다. 지독한 불운 속에서도 살아내고 있는 그들의 모습이 고맙고 장했지만, 한편으로는 서글퍼서 나는 몇 걸음 더 떨어진 덤불 속에 파고들어 자리를 잡았다.

돌덩이 아래에서 벌어진 전투로 한번 어긋나버린 오른 다리는 이제 명령을 듣지 않았다. 억지로 힘을 주고 뛰려 하면 엉치뼈가 통째로 뽑힐 듯한 통증이 일어났다. 그런 연유로 나는 무리의 생존 활동에 별 도움이 되지 못했다. 쫑과 만두가 사냥 뒤에 가져다준 고기 조각들을 받아먹으며 보금자리에 혼자 남은 삼구를 지키고 있는 게 고작이었다. 사실 삼구는 여전히 나를 어려워하며 가까이 오지 않았기 때문에 호기심 많은 강아지가 어디로 내빼지 않는지 감시하는 정도였다. 그마저도 쫑과 만두가 사냥에 삼구를 데리고 나가기 시작하면서 나는 내 영토였던 숲속에서도 공허했다. 왼쪽 눈두덩이의 붓기가 조금만 더 가시면 나는 다시 떠나겠다고 마음을 먹었다. 나의 존재가 무리에게 더 이상 보탬이 아니라 짐인 것을 인정했다. 내가 통제할 수 없었던 두부의 실종과 인간들의 적의 그리고 내가 통제할 수 있었던 자신의 분노와 원망으로 인해 나는 우두머리로서 기능을 상실했다. 어쩌면 산에 살아가는 개로서 자격마저 상실한 것은 아닌지 고민하게 되었다. 그런 고민의 끝에 다시 산에서 내려가기로 한 목적은 하나였다. 이제 나는 죽을 자리를 찾고 있었다.

해 질 녘 사냥에서 돌아와 숨을 고르는 쫑과 만두에게 떠나고자 하는 내 뜻을 전했다. 애써 잡은 장끼의 날갯죽지를 바닥에 내던지며 쫑은 화를 내었다.

"아니! 지금 무슨 소리야. 그 꼴을 당하고 다시 산 아래로 가겠다고?"

그가 격하게 화를 내는 것이 나의 처지에 대해 재차 깨닫게 했다. 우리들의 생리에서 이런 도전을 받고 가만히 있는 우두머리는 없었다. 나는 가만히 그의 화를 듣고만 있었다.

"안 돼! 절대 받아들일 수 없어. 여기서 쉬면서 몸을 회복해."

쫑은 명령에 가깝게 일방적인 통보를 하고 있었다. 두 수 컷 사이의 미묘한 긴장감을 감지한 만두는 말을 아끼며 조용히 눈치를 살폈다. 삼구는 만두의 옆으로 기대어 얼굴을 묻었다. 변해버린 권력관계에도 불구하고 나를 붙잡아 두려는 것이 그의 우정에 의한 것임을 알고 있었다. 나는 조곤조곤 다시 이해를 구했다.

"이제 나는 더 이상 달릴 수가 없다. 머물러봐야 너희에게 짐이 될 뿐이다."

만두는 거의 울기 직전으로 낑낑거렸다. 쫑은 딱히 내 논리에 반박할 거리가 없는 듯 시선을 피했다.

"허락을 구하는 게 아니야. 동이 트면 여기를 떠나겠다."

나는 말을 마치고 힘없이 걸어서 덤불 속으로 돌아갔다. 쫑의 깊은 한숨이 등 뒤에서 들려왔지만 무시했다. 우두머리로서 내리는 마지막 이타적인 결정이었다. 그리고 이기적으로 지켜내고 싶은 최후의 자존심이었다. 쫑과 만두가 상심에 빠진 서로를 다독여주는 사이, 나는 덤불에 몸을 웅크리고 밤이

오기를 기다렸다. 내려가면 어디로 가야 할지 생각했다. 다시 북쪽으로 가 봐야 새로울 건 없을 것 같았다. 아예 도시까지 내려갈까 생각했지만 차가운 아스팔트 위에서 더 차가운 인간 들의 시선을 받으며 깔려 죽는 것은 내키지 않았다. 내 몸뚱이 는 초코와 달라서 빗물에 쉬이 내려가지 않을 것이다. 삶에 대 한 미련을 그렇게 내보이고 싶지 않았다.

그러다 불현듯 바다를 떠올렸다. 오래전 밭에 살던 시절 꿈 꿈한 바람에 실려 온 짠 내를 맡아보긴 했으나 내 발로 직접 바다에 닿은 적은 없었다. 밭담 너머 끝이 없는 물의 경계를 어렴풋이 보긴 했으나 바다와 땅이 만나는 경계에 가 본 적은 없었다.

'그래. 바다에 가자. 거기서 두부를 기다리자.'

나는 죽을 자리를 골라낸 것에 주책맞게 안심하며 눈꺼풀 을 내렸다. 오랜만에 꿈 없는 잠을 잤다.

\*\*\*

짙게 내린 어둠을 처절하게 찢어내는 울음소리에 눈꺼풀이 들렸다. 만두가 줄기 덩굴에서 급하게 뛰쳐나오고 있었다. 먼저 나온 쫑은 잔뜩 자세를 낮추고 골짜기가 떠내려가도록 짖고 으르렁거리기를 반복했다. 나는 절뚝거리며 일어나 아래가 내려다보이는 자리로 나아갔다. 달빛을 받은 계곡 사이사이로 푸르스름한 것들이 움직였다. 확실하게 이쪽으로 다가오고 있는 것으로 보였다. 바람은 골짜기를 타고 내려가 저들에게 우리의 정체를 알리겠지만 저들의 정체를 우리는 맡기 어려웠다. 쫑의 격렬한 경고에도 불구하고 그것들은 서서히 절벽 쪽으로 올라오고 있었다. 우리가 그것들의 냄새를 맡을 수 있을 만큼 그들과 거리가 가까워지지 않는 한 어떤 목적인지 알 수 없었다. 그렇지만 희한하게 날 선 적개심이 느껴지지는 않았다. 어떤 상황이 펼쳐질지 알 수 없으므로 나는 절뚝거리는 다리를 추슬러 쫑 옆으로 붙었다.

잠시 뒤 나무줄기들 앞에 우거진 조릿대가 들썩거리더니 의문의 존재들은 모습을 드러냈다. 상처 입은 내가 가장 만나고 싶지 않았던 존재와 상황을 마주하게 되어 나는 절망했다.

대가리로 눈 앞을 가리던 넝쿨을 거칠게 젖히고 곰이 모습을 드러냈다. 그 검은 짐승을 따르는 수캐 네댓 마리가 뒤이어 따라와 우리를 둘러쌌다. 무리가 가장 약해진 시점을 기가 막히게 맞춰서 찾아온 녀석의 본능이 경이로웠다. 내 절망은 너무나도 적절한 그 때맞춤에서 온 것이다. 바다를 보지 못할 서운함보다 결국 산구마저 지켜내지 못할 처지가 한스러웠다.

이제 곰은 나를 죽이고 무리를 찢어놓음으로써 이 지역의 가장 큰 경쟁자를 짓밟는 쾌거를 달성할 것이었다. 쫑과 만두는 그 공포를 정면으로 마주하니 감당을 할 수 없는 모습이었다. 그들의 짖음과 으르렁거림은 곰에게 아무런 위협이 되지 않았다. 나는 대책 없게도 결과가 뻔히 예상되는 이 충돌에 담담했다. 그런데 절벽을 타고 내리는 희미한 달빛에 비친 곰의 눈동자도 덤덤했다. 곰의 바로 옆에 있던 적갈색 수캐 한 마리가 입에 물고 있던 무언가를 툭 내던졌다. 노루인가 했는데 자세히 냄새를 맡아보니 흑염소 뒷다리였다. 고깃덩이가 땅을 때리는 소리가 끝나자마자 곰이 낮게 말했다.

"소문이 사실이었군. 많이 다쳤구나. 밭."

쫑과 만두는 갑작스러운 상황 변화에 적응하지 못하고 어쩔 줄 몰라 했다. 그래 봤자 곰의 관심사는 오로지 나의 상태뿐임을 알고 있었다. 녀석의 시선은 넝쿨을 헤칠 때부터 나에게 꽂혀 있었다. 내가 별다른 반응이 없자 녀석은 다시 입을 열었다.

"어떤 개 한 마리가 산 아래에서 인간들과 싸웠다는 소문을 들었다. 황금색 털이 휘날리는 개라느니, 개가 아니라 사실 깊은 산에서 내려온 늑대라느니 정신 나간 개들은 별소리를 다 지껄이지."

곰은 나나 쫑의 동의 따윈 구하지도 않고 자리에 철퍼덕 앉았다. 이미 절벽 밑 한 줌도 안 되는 공간을 모두 장악하고 있으므로 굳이 그런 번거로운 예의는 필요 없었을 것이다.

"그냥 얘기를 듣다 보니 너인 줄 알겠더라. 그래서 목적은 이뤘나?"

녀석의 예상 밖의 온화한 태도와 예상 밖의 본질적인 질문에 나는 그제야 조금 놀랐다. 나는 무엇을 위해 거대한 돌덩이까지 내려갔고 인간들의 우두머리에게 돌진했는가? 그들에게 물음을 던지기 위해서였다. 도저히 이해할 수 없는 불합리의 근원을 따지고 싶었다. 그러나 내가 맞닥뜨린 것은 경멸과 폭력이었다. 그것이 인간과 개가 서로를 이해할 수 없는 자연의 경계에 의한 것인지 아니면 일방 혹은 쌍방의 이기심과 편협함 때문인지 알 수는 없었다. 그러나 결과적으로 나는 모든 것을 잃었고 그들은 무엇도 잃지 않았다.

"꼴을 보니 아닌 것 같군. 인간은 그렇다. 내가 항상 얘기했듯이."

꿉꿉하게 들어앉은 침묵의 내면을 읽어내듯 곰은 혼자서 묻고 답했다. 녀석은 확실히 감탄할 정도로 영리한 면이 있었다. 곰은 땅바닥에 깔린 흑염소 다리를 가리키며 말했다.

"자. 일단 먹어라. 그래도 함께했던 시간이 있는데. 내 선물이다."
"무슨 수작이야? 우리 영역에서 빨리 꺼져!"

등줄기를 내내 곤두세우고 있던 쫑이 곰에게 반항하듯 소리를 지르며 짖었다. 역시나 곰은 그를 쳐다보지도 않았다. 쫑의 기개가 어떻게 해볼 수 있는 상대가 아니었다. 나 대신 곰의 위압감을 혼자 받아내야 하는 쫑이 가여웠다.

"왜 화를 내고 지랄이냐? 진정해라. 난 얘기를 하러 왔다."

쫑은 곰의 소름 끼치는 여유에 질렸는지 주춤거렸다. 만두는 삼구를 감싸고 몸을 빼기 시작했다. 쫑이 홀로 받아내는 공포의 무게를 나눠주기 위해 나는 최대한 다리를 절지 않으며 곰 앞으로 가 앉았다.

"무슨 얘기 말이냐? 조롱이라도 하러 온 건가? 아니면 마침내 내 모가지를 따러 온 건가?"

내가 괜찮은 척 행동하는 것을 곰은 당연히 알 것이다. 녀석은 이런 조잡한 허풍에 속아 넘어갈 만큼 멍청하지 않았다. 그럼에도 나는 선택지가 별로 없었다.

"크하하하. 무슨 말을 그렇게 살벌하게 하는 건가? 친구. 아마 네가 멧돼지에 들이받혀 이 꼬락서니가 되었다면 그렇게 했겠지. 네 모가지를 따버리고 네 영역을 다 내 것으로 만들었을 거야. 그런데 너는 인간들이랑 싸우다가 그렇게 된 거잖아. 그건 얘기가 다르지."

긴장의 모서리에서 내려오게 된 쫑이 살짝 물러섰다. 곰은 그 모습을 놓치지 않고 노려보다가 다시 말을 이었다.

"자. 이제 내가 물어볼 테니 답해봐라. 두부와 새끼들은 어디 갔지?"

어디를 헤집어야 상대가 괴로워할지 아는 것이 맹수의 첫 번째 자격이다. 그런 능력을 거리끼지 않고 나에게 표출하는 곰이 마음에 들지 않아 나는 눈을 부라렸다.

"네가 알 바 아니다."
"인간들에게 잡혀갔어…."

내 말이 끝날 때를 잡아채서 만두가 잽싸게 얘기하고 뒤로 빠졌다. 아마도 그녀는 억울함을 적에게라도 하소연하고 싶었나 보다. 곰은 약간 쓸쓸해 보이는 웃음을 슬그머니 비춘 후 다시 나를 바라봤다.

"그래서 산 아래로 내려갔군. 내 무리 중 몇 마리도 최근에 사라졌다. 아마도 인간들에게 끌려갔겠지."

진짜 얘기나 하러 왔다는 투로 곰은 느릿느릿 말을 계속했다. 쫑과 만두는 어느덧 녀석의 말에 귀를 기울이기 시작했는데 나에게는 의미가 없는 말이었다. 내가 기억하는 곰은 장황하게 한참 동안 지껄이는 것을 좋아했다. 다른 개들이 반응을 보이지 않아도 개의치 않고 자신의 철학을 설파했다. 지금 또 그 짓을 시작한 것 같았다. 곰은 자기 무리에서 사라진 개들의 생김새와 성격 또 그들이 어디에서 없어졌는지에 대해 상세하게 얘기했다. (물론 나는 묻지 않았음에도) 그는 지난번 개울을 가르는 산길에서 조우에 관해 설명해줬다.

당시 무리의 암수 두 마리가 감쪽같이 사라져 수색 중이었다고 했다. 처음에는 자기들끼리 독립하여 새로운 무리를 이루고자 도망친 줄 알고 추적했지만 이내 인간들의 흔적을 발견했다고 한다. 그래서 급한 마음에 영역의 경계까지 올라왔다가 마침 이동 중인 우리와 만난 것이라 했다. 그리고 이어서 인간들의 잔학함과 이기심에 대해 성토하기 시작했다. 곰은 늙은 주인에게 죽도록 맞았던 과거가 생각난 듯 격해진 마음으로 산과 숲에서 인간이 얼마나 해로운 존재인지 떠들었다. 곰의 무리는 물론 쫑과 만두도 점점 녀석의 이야기에 빠져 경계를 풀고 가까이 앉았다. 곰의 격렬함과 신랄함이 가뜩이나 야해지고 허기진 개들의 마음을 장악했다.

나는 속으로 코웃음을 쳤다. 내가 아는 곰은 그저 숲을 오염시키는 폭력의 또 다른 상징일 뿐이었다. 인간이든 곰이든 형태만 다를 뿐 시꺼먼 본질은 마찬가지였다. 녀석의 일장 연설이 절정을 향해 달려갈 때, 나는 녀석의 흉포함에 대한 기억을 굳이 끄집어내 보았다.

\*\*\*

저수지를 떠난 이후 곰과 나는 패거리를 만들었다. 우리는 오름들을 넘어 점점 산으로 올라갔다. 직선으로 바로 가면 금방이었지만 일부러 오름을 빙 둘러 천천히 전진하면서 무리를 모았다. 버려진 개들과 떠도는 개들은 굳이 우리가 찾아다니지 않아도 천지에 널려 있었다. 우리는 개중에 강하고 빨라 보이는 녀석들만 선택하여 무리에 합류시켰다. 쫑도 그즈음에 무리에 들어왔다. 작고 늙은 녀석들이 따라올 요량이면 위협하여 내쫓았다. 곰은 스스로 우두머리를 자처했고 나는 거기에 딱히 반발하지 않았다. 어찌 됐든 나는 그에게 신세를 졌고 그가 나보다 산과 숲, 인간에 대해 아는 것이 좀 더 많았기에 군말 없이 따랐다. 무리의 사냥감은 무리의 규모를 따라 점점 커졌다. 처음에는 밭두렁에 사는 들쥐 따위를 잡아먹다가 길가를 떠도는 고양이들을 쫓기 시작했다. 이후에는 꿩을 주로 사냥했는데 낮은 오름들과 방목지 인근에서 꿩을 자주 볼 수 있었기 때문이다.

점차 무리가 더 커지면서 꿩 따위로 배를 채우는 데 한계를 느낀 우리는 조금씩 과감해지기 시작했다. 마을에서 조금 떨어져 인적이 드문 곳에서 풀어 키우는 닭을 잡아먹기도 했고 밭 한구석에 매어놓은 흑염소를 습격하기도 했다. 사냥에 성공할 때마다 곰의 권력은 견고해졌고 그의 왕국은 점점 강력해졌다. 하지만 그가 권좌에 취해 있을 때 무리의 결속은 약해지고 있었다. 생존과 확장을 위해 흘러들어온 개들은 서로 충돌하기 시작했고 곰은 그러한 반목을 방치했다. 아니, 오히려 자신의 권력을 더욱 강화하기 위해 교묘하게 갈등을 조장했다.

단순하게 살아온 나는 그의 이중성에 점점 환멸을 느끼기 시작했다. 눈치 빠른 곰이 나의 불만을 모를 리 없었다. 그래서인지 그는 언젠가부터 나에게 더 집착하기 시작했다. 내 생각과 관계없이 곰은 나를 자신의 첫 권속이자 가장 능력 있는 사도로 여겼다. 그는 나를 (나 자신을 포함한) 누구에게도 뺏기지 않고 싶어 하는 것 같았다. 내가 패거리에 두부를 데려온 후 곰의 독선은 더욱 심해졌다. 그때부터 나는 두부와 쫑을 비롯한 몇몇과 가까이하며 곰에게는 조금씩 거리를 두려 했다. 하지만 그럴수록 곰은 난폭하게 우두머리의 권위를 들이밀며 내가 보지 않을 때 두부와 쫑을 괴롭혔다. 조금씩 벌어지던 그와 나 사이는 무엇을 사냥할 것인지에 대한 논쟁으로 완전히 찢겨버렸다.

아침 된서리가 후박나무 잎에 가득 내린 무렵, 나는 방목지와 오름 사이에 끼어 있는 억새 덤불에서 제법 큼직한 장끼 한 마리를 잡아서 근거지로 되돌아왔다. 당시 무리는 결속력이 약해 단체로 사냥에 나서는 일이 드물었다. 각자 능력껏 먹을 것을 구하여 나눌 수 있으면 나눴고 이따금 닭이나 염소를 노릴 때는 서너 마리 정도 모여서 행동했다. 사냥에 서툰 녀석들은 여전히 인간들이 먹다 만 쓰레기를 뒤지고 다녔다. 버려지고 도망친 개들끼리 모여 야심 차게 무리를 이뤘지만, 여전히 생존을 인간에게 의존하고 있었다. 인간이 키우는 것과 버리는 것이 아니면 사실 무리는 굶는 때가 많았고 그런 연유로 무리는 더 이상 산으로 올라가지 못하고 오름 기슭을 맴돌았다.

막상 곰은 산으로 가는 목표에 대해서는 별 관심이 없는 듯했다. 녀석은 그 비상한 두뇌에도 불구하고 인간의 것을 탈취하는 것이 곧 인간에게 의존하는 것이라는 사실을 깨닫지 못하는 것 같았다. 그런 의존이 개들을 다시 길들이고 있다고 생각했던 나는 그때부터 노루에 대해 생각하기 시작했다. 혼자서는 어렵지만, 개들 몇 마리가 협력한다면 노루는 충분히 잡아볼 만한 대상이었다. 노루 사냥으로 자립을 얻고 산으로 올라가 인간으로부터 자유로워지고 싶은 것이 나의 가장 큰 바람이자 목표였다.

그런 생각으로 한참을 달리다가 불쾌한 긴장감이 냄새가 되어 몰려와 멈췄다. 억새와 가시나무가 어지러이 둘러 있는 근거지에서 곰은 무리를 모아놓고 훈계와 연설을 반복하고 있었다. 곰을 중심으로 모여 있는 테두리 가장자리로 보리가 콧잔등이 피투성이가 되어 숨을 헐떡이고 있었다. 보리는 쫑보다 조금 나중에 합류한 약간의 잿빛이 섞인 젊은 수캐였다. 새끼 때부터 어미와 형제들과 떨어져 철창에 혼자 갇혀 살았던 보리는 개들과 대화하는 것이 좀 어눌했지만 명랑한 녀석이었다. 곰의 심기를 어떻게 건드렸는지 모르겠지만 그의 서툰 전달력이 곰의 날카로운 독선을 자극한 것이 아닐까 짐작했다.

나는 개들을 따라 둥글게 뭉쳐진 두려움과 불만을 뚫고 곰 앞으로 나아갔다. 웅변에 열중하던 곰은 나를 흘긋 보고는 말을 계속했다.

"계속 얘기했듯이 말대꾸하고 싶다면 각오를 하고 해라. 힘도 실력도 없으면서 함부로 지껄이면 저 녀석처럼 되는 거다."

들으나 마나 곰 녀석의 권위에 대한 지겨운 연설이었을 것이다. 나는 신경질적으로 입에 물고 있던 장끼를 곰의 발 앞에 내던졌다. 철딱서니 없는 녀석들 몇이 곰의 얘기는 아랑곳하지 않고 꿩에 시선을 두었다.

"아니면 여기 밭처럼 뭐라도 잡아 오고 지껄이란 말이다. 크크크."

곰은 일부러 내가 들으란 투로 뻗어버린 장끼의 꼬리털을 가리키며 말했다. 내가 녀석의 칭찬에 황송해하며 꼬리를 흔들고 애교라도 부려야 하는 것인가? 애초에 이것은 칭찬이 아니라 조롱일지도 모른다고 생각했다. 인간을 증오하면서 인간에게 아직도 의존하고 있는 곰의 위선처럼 나 역시 곰을 못 견뎌 하면서 곰에게 의존하고 있는 것이 아닌가? 그러한 모순을 파고드는 곰의 비아냥일 수도 있었다. 녀석과 다른 존재가 되기 위해 나는 그 모순을 깨뜨릴 필요가 있었다.

"날이 추워지고 있다. 곧 눈발이 날릴 거야. 어떻게 먹고살 계획이지?"

어느덧 모여든 개들의 숫자는 아홉 마리나 되었다. 서너 마리 정도일 때는 추위가 와도 어떻게든 요행으로 넘겨 보았지만 이렇게 숫자가 불어난 지금은 분명한 계획이 필요했다. 나는 우두머리를 자처하는 곰에게 그런 계획이 있는지 확인하고 싶었다. 자기가 말을 해도 된다고 해놓고서는 막상 내가 질문을 던지자 덜컥 짜증이 났는지 곰은 나를 잠시 노려본 후 대답했다.

"역시 걱정이 많구나. 친구. 당연히 계획이 있다."

곰의 자신만만한 태도에 두부와 다른 개들도 귀를 기울였다. 코에 피를 흘리며 잔뜩 움츠려 있던 보리도 이어지는 얘기가 궁금했는지 슬금슬금 가까이 왔다.

"이제 우리도 숫자가 제법 되니까 더 큰 사냥감을 노려야 한다. 오름 주변 초지에 풀어 키우는 소들이 풀을 뜯고 있지. 수소는 없고 암소와 송아지들이 대부분이다. 송아지를 사냥한다!"

곰은 마침내 웅비했던 포부를 펼치듯 선언했지만, 개들의 반응은 석연치 않았다. 드세고 거대한 수소가 없다고 해도 여전히 소는 크고 강한 동물이었다. 닭이나 흑염소를 노리는 것과 완전히 다른 문제였다. 성공률도 높지 않을뿐더러 인간들의 경계도 더 심할 것이 분명했다. 무엇보다 인간의 것을 탈취하여 다시 인간에게 기대어 산다는 모순은 변하지 않는 것이었다. 대부분 이와 비슷한 불편함으로 웅성거렸지만, 감히 곰에게 의문을 제기하는 개는 없었다. 불그스름하게 부어오르기 시작한 보리의 콧잔등이 그런 의문을 목구멍 뒤로 밀어 넣게 했을 것이다. 나는 선포 뒤에 의기양양해진 곰을 정면으로 처다보며 말했다.

"너무 위험한 생각이다. 소는 닭이나 염소 따위와 다르다. 괜히 섣불리 공격하다가 우리가 다치거나 목숨을 잃을 수도 있다. 멧돼지에게 덤볐다가 호되게 당한 일을 잊었나?"

곰의 미간이 바로 우그러지기 시작했다. 녀석은 나를 친구라 칭하였지만 어떤 상황에서도 내 의견을 물었던 적은 없었기에 방금 나의 발언은 분명한 항명이고 도전이었다. 그것은 나도 알고 곰도 아는 것이었다.

"밭. 잘한다 잘한다 했더니 우두머리라도 된 양 말하는구나. 판단은 내가 할 테니 너희들은 그냥 따라오면 된다."

곰이 더 이상 대화하지 않겠다는 뜻을 드러내며 말을 끝맺었다. 그러나 나는 그럴 생각이 없었다. 이 대화로써 녀석의 위선을 뜯어고칠 수 없다고 해도 내 안의 모순은 부숴야 했다.

"그럼 소를 사냥하다가 누군가 죽게 되면 네가 책임지는 건가?"

더 이상 언쟁이 귀찮은 듯 물러나려다 말꼬리가 물린 곰은 이제 정말 분노하기 시작했다. 황갈색 눈동자가 번뜩이더니 주둥이를 찢고 으르렁댔다. 시뻘건 아가리 사이로 자리한 우악스러운 이빨들이 눈에 들어왔다.

"미친 거냐? 밭. 지금 니한테 따지기라도 하는 거냐? 그래. 내 계획이 그렇게 맘에 안 든다면 네놈은 계획이 있나? 한번 들어보자."

녀석은 내 생각을 들으려는 의도로 묻는 게 아니었다. 한 마디만 더 자기 심기를 건드리는 말을 한다면 바로 내 목덜미를 물어뜯을 것이다. 녀석은 그 구실을 만들기 위한 기회를 노리고 있는 것이었다. 물론 나는 피할 생각이 없었다.

"눈이 오면 높은 곳에 있던 노루들이 오름 근처까지 내려온다. 소만큼 크지도 않고 어쩌다가 보이는 염소보다 숫자도 많다. 그리고 무엇보다도 인간들이 키우는 것이 아니다. 노루는 그냥 산에서 온 것이지."

나는 잠시 개들의 분위기를 돌아본 후 말을 이었다.

"노루를 사냥하자. 서로 협력해서 작전을 짜면 충분히 잡을 수 있다."

나의 착각일지도 모르나 곰의 송아지 선언보다는 대체로 수긍하는 분위기였다. 그리고 폭발하기 직전에 이른 곰의 신경질이 녀석 자신도 그런 분위기를 느꼈음을 알려주었다.

"노루나 송아지나 도대체 무슨 차이냐? 먹을 건 송아지가 더 많지. 뭐 하러 힘들게 날쌘 노루를 쫓자는 거냐? 인간들이 우리 먹으라고 편하게 송아지를 풀어 놓는데 말이다."

이제 곰은 이빨을 다 드러내고 으르렁거리고 있었다. 끈적한 질투심으로 얼룩진 침 거품이 부옇게 아가리에 차올랐다. 다들 심상치 않은 우리의 대립에 숨죽이고 있는 와중에 조심스럽게 두부가 입을 열었다.

"나는… 밭의 제안이 좋다고 생각해. 연습 삼아 노루를…."

두부는 채 말을 끝내지 못했다. 이미 눈깔이 돌아버린 곰의 잔인함은 나를 지나쳐 두부에게 향했다. 곰의 살벌한 입질에 두부는 깨갱거리며 뒤로 나자빠졌다. 그리고 나는 가만히 앉아 그 짓거리를 봐줄 생각이 전혀 없었다. 재빠르게 몸을 뒤돌려 검은 털이 수북한 곰의 뒷덜미를 물었다. 무성한 털과 두꺼운 가죽 때문에 이빨이 깊이 들어가지 않았다. 기습당한 곰은 바로 자세를 비틀어 내 주둥이를 흘린 다음 몸을 들어 올려 내 얼굴을 물어뜯으려 했다. 나도 질세라 앞발을 박차고 올리 녀석의 망할 콧대를 노렸다. 녀석과 나의 주둥이는 뒤엉켜 서로의 급소를 정신없이 찾았다. 둘 다 앞발로 서로를 밀어내며 버티어 섰고 힘을 주기 위해 지탱하고 있는 뒷발로 흙먼지를 연신 일으켜댔다. 오직 상대의 목숨을 뺏고자 하는 본능에 따른 치열한 공방은 내가 녀석의 턱주가리 옆 목을 물었을 때 주춤해졌다. 내 오른쪽 귓등의 살가죽에는 녀석의 송곳니가 꽂혀 있었다. 간신히 붙들게 된 약점을 놓치지 않으려 우리는 흥분 속에 서로를 물고 늘어졌다. 먼저 이빨을 빼는 것은 곧 패배를 의미했다. 둘 다 그럴 생각이 없었기에 그 기묘한 자세는 꽤 오래 지속되었다.

기묘함이 어색함으로 조금 진정될 무렵, 우리는 승부를 내기가 힘들다는 것을 인정했고 누가 먼저랄 것 없이 이빨을 거두고 물러났다. 찢어진 귀 뒤에서 피가 새어 나와 목 주변을 뜨겁게 적셨다. 곰의 시꺼먼 털끝에도 핏방울이 맺혀 그의 발 앞에 떨어졌다. 으르렁거림을 거두지 않고 얼마간 서로를 노려보았다. 숨 막힐 듯한 침묵을 깬 것은 절규에 가까운 곰의 저주였다.

"누구 덕분에 목숨을 건졌는데! 이런 은혜도 모르는 개새끼가! 길에 버려진 저 거지 같은 년을 데리고 오더니 같이 미쳐서!"

꺽꺽거리는 곰의 흥분 너머에 숨어있는 공포를 살짝 본 것 같았다. 확실히 내 어금니는 꽤 깊게 들어갔다. 긴 털에 가려져 잘 보이지 않는 것일 뿐 녀석은 깊은 상처를 입었음이 틀림없었다. 다시 공격하면 내가 이길 것이 거의 확실해 보였다. 나는 경계를 거두지 않은 채 조금씩 고개를 들었다.

"꿩은 너 먹어라. 신세는 이걸로 갚았다. 나는 떠나겠다."

나는 여전히 곰을 향한 감각을 완전히 거두지 않은 채 천천히 몸을 돌려 억새를 헤치고 나왔다. 예상대로 곰은 내 뒤를 치지 못했다. 아마도 내가 물러선 것이 어떤 의미인지 그는 알 것이었다. 자리를 피해서 상황을 지켜보던 두부와 쫑이 나를 따라나섰다. 쫑이 보리에게 같이 가자는 눈치를 주었지만, 공포와 존경을 혼동하게 된 녀석은 곰 곁에 남았다. 억새 끝이 푸석거리더니 조약돌만 한 참새떼가 촐싹대며 날아올랐다. 우리는 그길로 산으로 올라갔다.

\*\*\*

달빛을 가리던 구름이 흩어지면서 다시 골짜기 아래가 환해졌다. 옛 생각에서 정신이 돌아왔을 때 곰도 그의 연설을 거의 마무리해가는 중이었다. 제 무리야 귀에 박히도록 들었을 타령일 테고 아마도 우리더러 들으라고 하는 소리였을 텐데 나는 생각이 과거에 가 있었고 삼구는 아직 무슨 말인지 이해 못 할 나이였다. 그나마 쫑과 만두가 상실감을 덜어내려 곰의 연설에 호응해주지 않았다면 녀석으로서는 기운 빠지는 일이었을 것이다.

"우리 무리 몇 마리도 당했다. 인간들에게 잡혀갔지. 보리! 그래. 보리 녀석도 도로를 맴돌다가 개장수에게 잡혀갔다. 쫑, 너 보리 기억나지?"

곰은 이제 인간에게 붙들려 간 개들의 이름을 나열하며 분위기를 격앙시키고자 했다. 녀석의 장황한 연설 끝에 도대체 무슨 말을 할지 궁금하여 이제 얘기를 들어보기로 했다.

"다들 다시는 돌아오지 않았다. 아마 인간들이 잡아먹었거나 어디에 산 채로 묻어 버렸을 거다. 그래. 두부와 새끼들도 잡혀갔겠지. 두부는 끓여 먹고 먹잘 게 없는 새끼들은 파묻었을 거다. 안 봐도 뻔하지!"

두부와 새끼들 얘기가 곰의 추악한 아가리에서 튀어나오자 나는 바로 몸을 일으켰다. 뒷다리를 제대로 못 쓸지라도 턱아귀힘은 여전했다. 감히 나도 함부로 꺼내지 못했던 두부와 새끼들의 생사를 제 맘대로 지껄이는 턱주가리를 뜯어 버리려고 성큼 걸어 나섰다. 양쪽의 개들이 눈치를 채고 다들 일어서서 흥분하기 시작했다. 곰은 나의 분노를 충분히 예상하기라도 한 듯 물러나지 않고 뻗대고 맞섰다. 이대로 녀석과 뒤엉켜 피투성이가 되어 목숨을 끝내는 것도 나쁘지 않았다. 나는 솔직한 심정으로 두부와 새끼들의 실종에 곰 녀석의 잘못도 있다고 생각했다. 녀석이 제 무리를 이끌고 인간들의 영역을 들쑤시고 다니며 그들의 가축을 해하지 않았다면 굳이 인간들이 산에 사는 개들에게 관심을 가질 리가 없었다. 검은 옷을 입은 인간 우두머리들이나 검은 털로 뒤덮인 곰 녀석이나 마찬가지로 증오스러웠다. 이제 곰에게도 책임을 묻고 난 뒤 나는 산이 정한 대로 그렇게 죽어 없어지면 그만이었다. 노골적으로 공격 의사를 내보이는 나를 앞에 두고도 곰은 약간의 비웃음을 잃지 않았다. 녀석의 그런 태도가 의아했지만, 상관하지 않고 뛰어오르려는 순간 어떤 깨달음이 내 엉치뼈를 붙잡아 매달렸다.

'아뿔싸! 새끼가 있었구나.'

양쪽 개들이 내뿜는 빽빽한 살기에 숨이 차올랐는지 삼구가 애달프게 낑낑거리는 소리가 들려왔다. 어리석게도 하나 남은 새끼를 전혀 돌보지 못했던 자신을 책망하며 나는 공격 태세로 나아가던 움직임을 멈췄다. 내 몸뚱이가 산비탈에 버려져 까마귀 배를 채우는 것은 상관없으나 저 아까운 새끼마저 그렇게 되게 할 수는 없었다. 아마도 두부는 다시 돌아오지 못하리라. 곰이 망설임을 눈치챘는지 짧은 하품을 한 번 하고는 달래려는 투로 말했다.

"이봐. 밭. 흥분을 가라앉히라고. 적은 내가 아니라 인간이다. 우리가 힘을 합쳐 같이 대항해야 한다. 난 친구가 되려고 여기에 온 것이다."

만두의 엉덩이 뒤로 몸을 숨기는 삼구를 잠시 돌아본 후 나도 화를 내리고 말했다.

"동맹이라도 맺자는 건가? 인간들에게 맞서기 위해서…."
"그렇지! 바로 그거다. 동맹. 우리 개들도 계속 당하고만 있을 순 없지. 인간들에게 그대로 되갚아주자는 말이다. 산과 오름의 주인이 누구인지 녀석들에게 따끔하게 알려줘야지."

곰은 내가 실로 오랜만에 자기 말에 장단을 맞춰주자 기쁨을 감추지 못하고 말을 쏟아내었다.

"일단 인간 녀석들도 한번 당하고 나면 우리 개들을 우습게 보지 못할 거다. 우리가 아무것도 하지 않고 도망만 다니니까 계속 산으로 올라오는 거지. 밭. 너는 인간들과 싸워본 경험이 있으니까 큰 도움이 되겠지."
"복수하자는 건가?"

"그래. 이제 말이 잘 통하는구나. 두부와 새끼들의 복수를 하고 싶지 않나? 나도 사라진 개들의 원한을 풀고 싶다. 내가 너의 복수를 도와줄 테니 너도 나를 도와라. 다시 예전처럼 함께하는 거다."

복수라는 단어에 흔들리지 않았다면 거짓이다. 그러나 인간들은 개들이 어찌 할 수 있는 존재가 아니었다. 한 인간이야 우리 개들보다 약할 수 있겠지만 그들은 무리를 지어 산다. 그것도 우리보다 훨씬 큰 무리를 이루고 있다. 나는 곰이 듣기 좋은 구실로 자신의 야욕을 채우려 하는 것은 아닌지 경계했다. 허풍과 거짓은 구체화하기 어려우므로 나는 녀석의 계획을 묻기로 했다.

"어떻게 복수를 한다는 거지? 계획이 있나?"
"물론이지. 일단 흩어져 있는 개들을 모두 모아서 큰 무리를 이룰 거다. 그리고 산 아래로 내려가서 인간들의 우두머리를 찾아 결판을 낼 참이다. 그런 다음 잡혀간 개들이 있는 곳을 습격해서 그들을 해방하고 힘을 합쳐서 이 땅에서 인간들을 모두 몰아내고 개들의 세상을 여는 것이다."

역시나 녀석은 몽롱한 말을 늘어놓았다. 그것은 계획이라기보다는 소망에 가까웠다. 희망으로 눈을 가리고 현실을 조작하려 하는 야심이 숨어 있었다.

"밭. 너는 인간들의 우두머리가 어디 있는지 알지? 우리를 안내해라. 두부와 새끼들을 데려간 녀석들에게 함께 벌을 내리는 거다."

호기로운 말들의 어디까지가 진심일지 알 수 없으나 인간들에게 안내하라는 부분이 마음에 들었다. 어떻게든 곰과 그의 무리를 삼구로부터 떼어낼 수 있겠다는 생각 때문이었다. 내 새끼가 이 산에서 살아가려면 검은 것들로부터 가능한 한 멀리 떨어져 있어야 한다. 곰이든 인간이든 매한가지로 시꺼먼 존재들이다. 힘을 탐하는 징그러운 것들끼리 물어뜯든 뒹굴든 알아서 하면 될 일이다. 나는 곰을 인간들의 우두머리가 있던 곳에 데려다주기로 결심했다. 녀석의 기만으로 다른 곳으로 흘러 들어간다고 해도 삼구에게서 충분히 멀어진 곳을 죽을 자리로 삼기로 했다.

"생각할 시간이 필요하다."

나는 쫑과 만두에게 곰이 모르게 따로 당부할 것이 있어 즉답하지 않았다. 그래도 곰은 자신의 설득이 먹힌 것으로 여겼는지 당당한 표정으로 일어났다.

"그래. 정리할 시간이 필요하겠지. 결정하면 그때 우리가 마주쳤던 개울로 와라. 나는 최근에 그 주변에 있다."

나는 알았다는 의미로 몸을 한번 가볍게 털었다. 곰은 제 무리를 이끌고 슬슬 회색으로 돌아오는 골짜기를 따라 돌아갔다.

"너무 위험하지 않겠어? 면장. 어떻게 할 거야?"
"정말 두부의 복수를 하러 갈 거야? 우리도 함께 갈게. 혼자 보낼 수 없어."

곰의 텁텁한 누린내가 사라지자 쫑과 만두가 걱정스러운 표정으로 가까이 왔다. 곰에 맞서는 내 분기가 상당했던 모양인지 쫑은 다시 나를 우두머리로 여기는 듯했다. 이 둘도 삼구와 함께 내가 살려내야 할 것들이었다.

"일단 녀석 얘기대로 산 아래까지 같이 갈 생각이다. 모두가 같이 가는 건 다 같이 죽는 길이다. 나 혼자 가겠다. 대신 부탁할 것이 있어."

곰의 맹랑한 계획이 성공하면 성공한 대로 실패하면 실패한 대로 내가 없는 무리는 위험에 빠질 수 있었다. 성공하면 인간들과 크고 오랜 싸움이 시작될 것이다. 산과 숲이라고 해서 안전할 수 없을 것이다. 실패하면 인간들은 개들을 더 집요하게 추적할 것이다. 나는 쫑과 만두에게 산길이든 도로든 인간들과 접촉을 무조건 피하도록 했다. 그리고 가능하면 더 위쪽으로 올라가 인간들의 눈을 피해 살라고 당부했다. 서너 마리 정도면 조금 더 척박한 능선 위라도 충분히 살아갈 만하다고 생각했다.

어느덧 밀려드는 새벽이 숲의 엉성한 부분부터 비추기 시작했다. 죽을 자리를 확실히 하니 생각이 말끔해져 두통이 사라졌다. 딛는 것조차 힘들던 뒷다리도 왠지 말을 듣는 것 같았다. 밤중 내내 가득했던 긴장에 지친 무리는 다들 나가떨어져 있었다. 만두 옆구리에 코를 박고 잠에 빠져든 삼구를 한참 내려다보았다. 아마도 삼구를 다시 보기는 힘들 것인데 꼭 슬프

기만 하지는 않았다. 오히려 겨우 마련한 내 새끼의 안전이 스스로 대견하여 마음이 훈훈해졌다. 무리를 깨우지 않으려 나는 조심스럽게 덤불을 밀어내고 천천히 골짜기 아래로 내려갔다. 바스락거리는 소리에 잠시 뒤를 돌아보니 자리에서 일어난 좋이 고개를 쭉 빼고 내 뒷모습을 안타깝게 보고 있었다. 다시 못 볼 충직한 친구에게 눈인사를 건네고 나는 계곡을 미끄러지듯 내려갔다.

절벽 아래 보금자리에서 멀어질수록 나는 왠지 모르게 신이 났다. 멀어지는 걸음마다 무리는 안전해지리라는 믿음이 그렇게 만드는 것 같았다. 거기다가 되지도 않는 곰의 궤변을 생각하니 씁쓸한 웃음이 새어 나왔다. 녀석의 꿍꿍이가 뭔지 확실치 않지만 진짜 의도는 숨기고 있음이 확실했다. 실종된 무리의 암수를 찾기 위해 올라왔다고? 인간에게 잡혀간 것으로 의심되면 산 아래로 내려가서 찾아야 하는 것을 왜 산 위로 올라왔단 말인가? 내 현실이 끝날 때까지 그래도 녀석의 본심을 확인하는 과정이 있어 지루하지는 않겠다는 생각이 들었다. 가벼워진 만큼 쓰라린 걸음을 억지로 더 재촉했다.

# 혁명 전야

　암탉들이 정신 사납게 종알거리는 통에 나는 겨우 무거운 눈을 떴다. 왠지 모르게 어렸을 때 살던 그의 집 마당에 엎드려 있었다. 분명히 오래전 떠난 곳인데 마당은 기억 속 모습 그대로였다. 얌전하게 깔린 푸른 잔디 위로 누구 것인지 알 수 없는 털 뭉치가 날리다 말고 걸려 있었다. 가는 이파리 끝에서부터 시작된 시멘트 바닥에는 검붉은 액체가 짙게 물들어 있었다. 온 하늘이 붉게 덮인 시간인데 집에는 아무도 없었다. 기분 나쁜 고요함이 싫어서 나는 몸을 일으켜 마당 밖으로 나가려고 했다. 철커덕. 단단한 사슬 소리에 나서던 몸통이 휘청거렸다. 가늘고 긴 사슬이 뒷다리를 야무지게 말아쥐고 닭장까지 이어져 있었다. 뭐라 불평해대던 암탉들이 더 부산을 떨며 좁은 닭장 안을 누비고 다녔다. 나는 앞발에 더 힘을 주어 뒷다리를 당겼으나 골반이 떨어져 나갈 듯한 느낌만 들 뿐 사슬은 빠지지 않았다. 이상하게 아프지 않아 나는 그대로 힘껏 몸을 당겨 뒷다리를 뽑아 버렸다. 마당을 나와 골목길로 들어서자 태양은 이제 마을 위에 아예 불을 뿌리듯 시뻘겋게 내려앉고 있었다. 나는 어서 마을을 벗어나고 싶어서 부지런히 깨금발로 뛰듯 걸었다. 살벌하게 꼬라박는 불길이 부서워 다들 도망갔는지 골목에도 아무도 없었다.

마침내 마을 어귀에 이르렀을 때 나는 소스라치게 놀라고 무서워서 흐느꼈다. 목구멍이 타들어 가는 듯한 기괴한 소리를 내면서 나는 팽나무 아래에 앉아 울었다. 잎이 다 타버린 채로 하늘을 향해 비명을 지르는 나뭇가지에 두부가 거꾸로 매달려 있었다. 이미 숨이 끊어진 지 한참인지 딱딱하게 굳은 그녀는 몸의 굴곡을 그대로 내보이며 나무에 고정된 것 같았다. 그녀의 음부 아래로 흘러나온 말라버린 탯줄에 핏덩이 새끼들이 매달려 있었다. 새끼들 역시 미동조차 하지 않고 탯줄에 이리저리 몸이 꼬여 덩어리져 있었다. 제자리에서 뜀박질해보고 나무를 타오르려고 발톱으로 기둥을 긁으면서 발광을 해봤지만, 두부와 새끼들에게 닿을 수가 없었다. 병신이 되어버린 나는 꿈에서조차 아무것도 할 수 없었다. 목을 감은 탯줄에서 겨우 대가리를 비집어 뺀 새끼 한 마리가 끙끙거리며 눈을 떴다. 나는 놀라움과 안도감에 소리 내어 짖다가 잠에서 깼다.

\*\*\*

나의 요란한 잠꼬대에 놀란 개들이 거리를 두고 나를 흘어 보았다. 낯선 개들의 불안한 시선을 느끼며 몽롱한 눈동자를 다시 감았다 떴다. 골짜기를 내려와 곰과 약속한 개울에 도착 했을 때 곰은 없고 모르는 개 두 마리가 나를 맞이했다. 조릿 대 안에 몸을 낮추고 있던 그들은 내가 개울가에 솟은 평평한 바위로 올라가자 모습을 드러냈다. 그들을 따라 동쪽에 있는 완만한 오름을 넘자 곰의 근거지가 나왔다. 방목지에서 멀지 않은 덤불 안에서 곰은 염소 뼈로 보이는 것을 뜯고 있었다.

"왔구나. 밭. 잘 생각했다. 이제 우리가 함께 혁명을 일으 키는 거다. 피곤할 테니 일단 좀 쉬어라. 곧 다시 얘기하자."

곰은 권력을 가진 자가 으레 그렇듯 애써 바쁜 척을 하면서 다시 골수를 빼먹는 작업에 몰두했다. 나는 다른 개들과 조금 떨어진 곳에 외따로 자리를 잡고 저리는 다리를 쉬게 했다. 성

치 않은 다리로 너무 급하게 길을 재촉한 탓으로 몸 상태가 좋
지 못했다. 덕분에 기절하듯 잠깐 눈을 붙였지만 끔찍한 악몽
이 괴롭혀 잠들지 않은 것만도 못한 상태가 되었다. 다시 팽나
무 아래로 가기는 싫어 나는 내리는 눈꺼풀을 붙잡고 대신 곰
의 무리를 살펴보았다. 곰은 본인이 장담한 대로 확실히 세를
불렸다. 동서남북으로 부지런히 나다니며 개들을 끌어들였는
지 처음 보는 얼굴들이 많았다. 다들 덩치가 어느 정도 있고
날렵해 보이는 녀석들이었다. 무리의 삶에 집중하고 있을 당
시에는 이 넓은 산에 우리만 있는 것 같았는데 이렇게 보니 온
산이 버려진 개와 도망친 개들로 가득한 모양이었다. 저들은
곰이 자신들을 던져놓으려고 계획하고 있는 기만을 알고 있을
까? 정말로 세상을 바꾼다는 말을 믿고 이리로 온 것인가? 이
런저런 잡념으로 시간을 보내고 있을 때 호기심이 가득한 젊
은 수컷 한 마리가 내게 조심스레 다가왔다.

"안녕하슈? 형씨가 그 인간들과 싸웠다는 개 맞소?"

나는 시선을 피하지는 않았지만, 굳이 대답하지도 않았다.
대답이 끝나기 전에 어차피 녀석이 말을 갖다 더할 것으로 여
겨 조금 더 기다렸다.

"맞네! 맞아. 반갑소. 이햐~ 한 인상 하시는구면. 저 곰이라는 양반도 무섭게 생겼던데 형씨도 못지않소이다."

말하는 것으로 보아 원래 곰의 무리에 속한 자는 아니었다. 수컷 냄새가 아직 풋풋한 걸 보니 고추가 여문 지 얼마 되지 않은 듯했다. 가까이서 보니 접힌 귀가 연한 갈색을 띠었고 몸통은 흰색 바탕에 군데군데 갈색 얼룩이 있었다. 주둥이는 암갈색으로 물들어 있는 것이 꼭 삼구와 비슷하게 생겨 친근했다. 삼구가 자라면 이런 모습일까 잠시 생각했다.

"형씨는 인기가 엄청나요. 인간들에게 대항한 거대한 누렁이! 산 위아래로 이미 소문이 파다합니다. 그 상처들은 인간들에게 입은 것이오?"

신나게 떠들고 있는 얼굴을 빤히 바라보다가 난 겨우 한마디 내뱉었다.

"너는 이름이 뭐냐?"

보기 좋게 생긴 육각형 대가리에 박힌 갈색 눈동자가 잠시 멈칫하더니 이내 능청스러운 웃음을 흘리며 대답했다.

"나는 이름이 없소. 산에서 나고 자란 개가 무슨 이름이 있
겠습니까? 우리 어머니, 아버지는 그냥 나를 그때그때 편한 대
로 불렀소."

"그럼 니는 산에서 태어난 깃이나?"

"정확히는 들에서지요. 여기서 남서쪽으로 쭉 내려가면 있
는 억새밭에서 태어났소. 아버지는 올무에 걸려 죽고 어머니
는 인간들에게 잡혀갔소. 형제들이 몇 있었는데 다 뿔뿔이 흩
어지고 나는 얼마 전에 이 무리로 흘러 들어왔소."

그는 내가 묻지도 않은 자신의 내력을 신나서 얘기했다. 아
마도 어리고 까불거려 다른 개들이 말을 섞어주지 않았던 모
양이다. 오랜만에 자신의 이야기를 들어주는 생물을 만난 반
가움에 그는 내 곁으로 한 발자국 더 다가왔다. 내 신세가 그
에 비해 딱히 나은 것도 아닌데 왠지 그가 안타까워 보였다.
한창 부지런히 살아가야 할 젊은 개가 죽을 자리에 들어온 것
은 아닌지 걱정되었다.

"여기에는 어쩌다 오게 된 것이나?"

"들쥐나 꿩 같은 것을 잡아먹으면서 떠돌다가 이들을 만났소. 혁명인지 뭔지를 하겠다고 같이 하자고 합디다. 어차피 갈 곳도 없고 그래도 여럿이 다니면 좀 큰 짐승도 사냥할 수 있을 것 같아서 합류했습니다."

목숨을 잃을지도 모르는 판에 던져진 줄도 모르고 철없이 실실거리는 그에게 차마 속내를 드러내 보이기 어려워 겨우 말을 삼켰다. 들개의 삶이란 게 어차피 그런 것이다.

"이 무리는 곧 인간들을 공격하러 산 아래로 내려간다. 알고 있지?"

"그렇다고 들었소. 인간들이 자꾸 산으로 올라와서 우리 개들을 잡아가니까 우리도 뭔가를 해야지요. 형씨도 그래서 인간들과 싸운 것 아니오?"

"그것은 너의 말인가? 곰의 말인가? 아니면 곰의 말을 네 말인 줄 알고 하는 거냐? 인간들과 대적하는 게 어떤 결과를 낳을지 알고 하는 말이냐?"

내가 따지듯이 몰아붙이자 그는 당황한 듯 쭈뼛거렸다. 접힌 귀를 씰룩거리는 모양새가 몸은 커졌어도 아직 강아지 태가 살짝은 남아 있었다.

"무슨 말을 그렇게 어렵게 합니까? 그냥 인간들은 나쁘니까 싸우러 가겠다. 이 말이오. 뭐 별일이야 있겠습니까? 인간들에게 겁 좀 주고 돌아오는 길에 큰 노루나 한 마리 잡았으면 좋겠소. 하하힛."

천진하게 이죽거리는 꼴을 보니 별생각 없이 일당에 가담한 것이 분명했다. 곰은 단순히 먹고살려고 애쓰는 개들을 모아서 무엇을 할 생각인가? 나는 탐욕스러운 앞발로 염소 척추를 소중히 쥐고 있는 곰을 바라보았다. 나는 녀석을 인간들의 우두머리에게 데려다주기로 했다. 그러나 그 과정에서 내 앞에서 쪼개고 있는 무해한 짐승마저 곰과 인간 사이에 존재하는 검은 구렁텅이에 빠뜨리는 것은 아닌가 하여 심란해졌다. 나는 미리 사죄하는 의미로 처음 보는 개에게 작은 친절을 베풀기로 했다.

"너는 노루를 좋아하는 모양이구나?"
"헤헤. 맞소. 예전에 가족들과 같이 잡아서 먹었는데 맛이 좋더라고요."

"노루를 좋아한다니 알려줄 곳이 있다. 여기서 오름을 넘어 산길을 따라 올라가다 보면 콘크리트 길이 가로지르는 작은 개울이 나온다. 거기서 북쪽으로 골짜기를 따라 올라가라. 도로를 받치고 있는 다리 아래로 통과하면 수월하다. 거기서 얼마간 계곡을 거슬러 오르면 꼭대기에 연못이 있는 오름이 나온다. 거기 노루가 많다."

"오. 좋은 정보 고맙소. 그런데 거기에는 무리가 없겠소?"

"있지. 작은 무리가. 우두머리 이름은 좋이다. 기억해둬라. 밭이 보냈다고 하면 받아줄 것이다."

"아아 형씨 이름이 밭이요? 고맙소. 인간들이랑 뭐 혁명인가 그거 끝나면 꼭 가보겠소."

"그래. 꼭 가보도록 해라. 너랑 잘 어울릴 만한 어린 암컷도 있으니⋯."

암컷 얘기에 푼수처럼 기분이 좋아진 그는 꼬리를 살랑거리며 내게서 그리 멀지 않은 곳에 엎드렸다. 그가 꼭 저 위에 있는 우리 무리에게 닿았으면 좋겠다고 생각했다. 이따금 개들끼리 시비가 붙어 그르렁 소리가 들려왔다. 염소 골수를 꼼꼼하게 할짝거리는 소리가 섞여 듣기 거슬렸다.

\*\*\*

곰은 무엇을 더 기다리는지 출발하지 않고 있었다. 그의 막하로 보이는 몇몇 개들이 출발을 건의하는 듯했지만 이내 혼쭐이 나고 자리로 돌아갔다. 그 사이 여기저기서 모여든 개들의 숫자는 족히 열댓 마리는 되어 보였다. 구태여 여유를 부리는 이유가 무엇인가? 자신의 지배권을 과시하려고 그러는 것일 수도 있고 특별히 계획이랄 게 없어서 다음 행동을 생각 중이라서 그럴 수도 있었다. 덕분에 나는 지친 몸을 조금이나마 쉴 수 있었다. 대기하는 시간이 길어지자 몇몇이 무리를 지어 사냥을 다녀왔다. 그들을 따라나섰던 삼구를 닮은 젊은 수컷이 제 몫의 고기를 조금 쪼개어 가져다주었다. 산에서 내려갈 힘을 모아두려고 그가 보인 성의를 거절하지 않았다.

"형씨, 언제쯤 인간들을 공격하러 가는 것이오?"

그는 내가 고기 조각을 마무리하기를 기다렸다가 궁금함을 드러냈다. 아마도 원래 곰의 무리가 아닌 개들은 계속되는 기다림에 불안해진 모양이었다. 정확히 무엇을 하러 모였는지 모르는 개들은 그래도 무언가를 하리라는 것은 알고 있었는데 그것마저 모호해지니 웅성거리기 시작했다. 영악한 곰이 이것을 모를 리 없었고 아마 곧 그 불안을 역이용해서 이들을 장악할 것이다.

"곰 녀석이 곧 나서겠지."
"그럴까요?"

내 대답에 나름대로 안심이 되었는지 그는 늘어지게 하품한 뒤 엎드려 몸을 말았다. 그가 누운 자리 위쪽에 드리운 나무줄기 사이로 곰의 부하 한 마리가 다가왔다. 녀석은 곰이 나를 호출하고 있음을 딱딱하게 알리고 돌아섰다. 누워서 진드기를 긁고 있던 삼구를 닮은 수컷이 나를 따라나서려고 하자 곰의 부하가 앞을 막았다.

"널 부른 게 아니야. 네 자리로 돌아가라."

그는 순순하게 물러나서 자리에 다시 앉았다. 나는 곧 돌아오겠다는 눈치를 주고 곰에게 갔다.

곰은 억센 참나무 뿌리가 얽힌 널찍한 바위 위에 앉아 있었다. 높은 왕좌에 앉아 있는 폭군 주위를 성질 더러워 보이는 수캐들 몇 마리가 호위하고 있었다.

"어이~ 밭. 몸이 좀 괜찮아진 거 같군. 다행이야!"

곰이 기쁜 표정을 히며 나를 빈겼다. 녀식은 그나마 제대로 걸을 수 있게 된 내 몸 상태보다 나를 오라 가라 할 수 있게 되었다는 사실을 더 기뻐하는 것으로 보였다. 나는 바위 앞으로 다가가 건조하게 물었다.

"왜 오라고 한 거지?"

내가 선 자리는 곰이 앉아 있는 바위보다 아래여서 곰의 시선에서는 충분히 나를 내려다 볼 수 있었다. 그 구도가 녀석에게 다시 만족감을 주었는지 기분 나쁘게 흘긋거리며 말했다.

"작전회의를 할 참이다. 이제 슬슬 인간들이 지은 죄에 벌을 내려야지."

똑같은 것들끼리 무슨 죄와 벌을 논하는 것인지 이해할 수 없는 노릇이지만 곧 녀석의 꿍꿍이를 파악할 수 있을 것 같다는 생각에 나는 잠자코 있었다. 내 반응을 굳이 살피지 않고 곰은 가슴을 펴고 말을 하기 시작했다.

"자, 이제 우리 개들이 인간들을 응징하러 출발할 거다. 그동안 봐놨던 곳이 있으면 얘기들 해봐라. 우선 거기서부터 공격을 시작하지!"

곰의 말이 끝나기 무섭게 여러 놈이 각자 의견을 갖다 붙이기 시작했다.

"동쪽으로 내려가다가 말 방목지 전에 샛길로 빠져서 들어가면 공원 같은 곳이 있어. 공원 안에 인간들이 무리 지어 와서 꼭 천막같이 생긴 것을 치고 먹고 잔다. 밤이 되길 기다려 거길 공격하자!"

"아니야. 거기보다 내가 봐놓은 곳이 더 좋아. 남쪽으로 큰 도로를 따라 내려가다 보면 인간들이 쇠막대기로 공놀이하는 넓은 잔디밭이 나온다. 나무도 덤불도 없이 뻥 뚫려 있어서 치고 빠지기 딱 좋다고."

"아니. 거기는 너무 멀잖아~ 그러지 말고 도로를 건너서 동쪽으로 가면….”

"그건 내가 아까 얘기한 곳이잖아. 이 멍청한 놈아!"

개들이 서로 자기가 찍어놓은 장소가 좋다며 아웅다웅하는 통에 회의라고 하는 것이 순식간에 개판이 되어버렸다. 나는 아무 말도 하지 않고 곰의 표정을 살폈다. 녀석은 이미 마음속에 정해둔 답이 있는 듯 능글맞게 웃으면서 요란하게 지껄이는 개들을 바라만 보고 있었다. 한동안 너저분한 개소리를 다 듣더니 녀석은 이내 음흉하게 입꼬리를 씰룩거리며 말했다.

"자자. 그만! 의견은 충분히 들었다. 뭐 다들 나름 괜찮은 곳을 제안했더군. 그러나 생각하지 못한 것이 있다. 우선 그 숲에 있는 공원은 인간들 숫자가 우리보다 많을 수 있다. 우리가 수적으로 더 유리한 상황이어야 쉽게 공격할 수 있으니 공원은 실격이다. 더군다나 천막을 치고 있다는 것은 우리를 해칠 수 있는 도구들을 가지고 있을 가능성이 있다."

멍청한 개들은 곰의 지혜로움에 감탄하면서 공원을 제안한 제 동료를 업신여기듯 바라보았다. 공놀이하는 잔디밭을 제안한 녀석은 의기양양해져 꼬리를 치켜올렸다. 곰은 그 모습이 가소롭다는 듯이 짧게 이죽거리고 곧 근엄하게 말을 이어갔다.

"하지만 공놀이 잔디밭도 안 된다. 우리가 숫자가 더 많다고 해도 네가 말했듯이 거기서 노는 인간들은 쇠막대기를 가지고 다닌다. 겁먹은 인간들이 그것을 막무가내로 휘두르기만 해도 크게 다칠 수 있다. 더군다나 내가 알기로 거기서 인간들은 작은 차를 타고 다니던데 그걸로 우리를 따돌릴 수 있으니 적합하지 않다."

자기가 꾸며낸 논리정연함이 자랑스러운지 우쭐해하던 곰은 이제 제 생각을 드러내기 시작했다. 어차피 소위 회의라는 걸 시작하기 훨씬 전부터 혹은 아마도 나를 찾아왔을 때부터 생각해놓은 것이리라.

"여기서 남서쪽으로 이어진 오름 두 개를 넘어가면 삼거리가 나온다. 북쪽 삼나무숲에서 이어진 산길과 동쪽 큰 도로에서 시작된 산길 그리고 남쪽부터 커다란 철골 구조물을 따라 거슬러 올라온 산길이 합쳐지는 곳이지. 그 길을 산책 삼아 건는 인간들이 많은데 삼거리까지 오는 인간들은 소수다. 그리고 각각 두셋 정도 작은 무리면서 서로 간격이 멀리 떨어져 있지. 더군다나 거기 오는 인간들은 대부분 무기라고 할 만한 것은 없는 무방비 상태다. 기습적으로 공격하고 다시 덤불 사이로 재빠르게 퇴각하면 우리를 쫓아올 수도 없다. 그야말로 인간들에게 우리의 무서움을 보여줄 수 있는 최고의 장소다!"

개들은 곰의 발표에 연신 감탄하며 좋다고 난리였다. 진짜 좋은 생각이라서 저러는 것인지 아니면 저 검고 강한 수컷에게 아첨을 떨고 싶은 것인지 구분하는 게 의미가 있는가 싶었다. 웅성거리는 개들 사이에서 '혁명', '타도', '복수' 등의 단어들이 빠르게 왕래했다. 계획된 폭력은 묘한 흥분을 가져와 점점 분위기를 고조시켰고 곰은 더욱 당당해져 말을 이어가려 바위에서 일어섰다. 아마도 녀석이 좋아하는 일장 연설을 할 모양이었다. 나는 그 연설을 처음부터 끝까지 들어줄 마음이 없었기에 녀석이 입을 열기 전에 낮은 목소리로 짧게 물었다.

"거기 오는 인간들이 우두머리인가?"

난데없는 어깃장에 곰은 물론이거니와 신나서 재잘거리던

개들이 동시에 조용해졌다. 그들은 마치 개가 아닌 다른 생명체가 개의 말을 하는 것을 보아 어이없다는 얼굴로 나를 바라보았다.

"무슨 말이냐? 밭."
"그럼 그 삼거리에 오는 인간들이 그들의 우두머리냐고 물었다."

나는 개들의 경멸하는 시선을 개의치 않고 곰에게 좀 더 다가섰다. 곰은 진심으로 황당해하며 반문했다.

"아니. 도대체 그게 무슨 상관이냐? 그 인간들이 뭐든 알 바 아니지 않나?"
"그 인간들이 우두머리가 아닌데 왜 개들의 복수를 받아야 하나? 삼거리에 놀러 나온 인간들이 도대체 우리와 무슨 상관인가? 그들이 너를 때렸나? 내 새끼들을 데려갔나? 너희들을 버렸나? 왜 뜬금없는 상대에게 화풀이하려고 하는 거냐?"

내가 공격적으로 질문을 퍼붓자 곰의 황당함이 노여움으로 바뀌었다.

"무슨 헛소리를 하는 거냐? 인간은 다 똑같다. 모든 인간이 우리 개들의 적이다. 지금까지 당하고도 그런 태평한 소리가 나오는 거냐? 네 녀석도 그래서 산 아래로 내려가서 돌덩이 앞에서 난리를 친 거 아니냐?"

"아니다. 나는 그 돌덩이 앞에서 인간들의 우두머리들을 보았고 그들에게 책임을 물은 것이다. 개들 무리에서도 우두머리가 결정하고 모든 책임을 지듯이 인간들도 그럴 것이다. 그래서 그들에게 따졌다. 나는 분명히 네 녀석이 그 우두머리들에게 안내해달라고 해서 여기로 온 것이다. 어차피 명령에 움직이는 아랫것들을 물어 죽이려고 온 게 아니다."

곰은 제 화를 주체하지 못하고 부옇게 끓어오른 침을 쏟아내며 바위 아래로 무섭게 내려왔다.

"한마디만 더 지껄이면 그 재수 없는 아가리를 찢어버리겠다."

나는 곰에게 맞서서 화를 내지도 흥분하지도 않았다. 곰의 황갈색 눈동자에는 작은 부끄러움이 있었다. 자신이 감춰온 욕망이 드러날까 봐 초조해하는 것 같았다.

'네놈도 참 힘들게 사는구나.'

내 무심한 표정이 더 화를 돋웠는지 곰은 성난 소리로 으르렁거렸다.

"네 자리로 꺼져라. 밭. 너를 괜히 회의에 불렀다. 방해만 된다."

나는 곰과 그의 수하 개들을 더 이상 상대하지 않고 조용히 물러나 덤불 쪽으로 되돌아갔다. 바위가 있는 비탈에서 막 내려올 때 뒤에서 곰의 연설 소리가 들려왔다.

"우리 개들은 지금까지 인간에게 갖은 핍박을 다 겪어왔다. 그들은 우리를 때리고 괴롭히고 물건처럼 다루었지. 그래도 우리는 개니까 그들을 따랐다. 그런데 그들이 어찌했는가? 산과 들에 우리를 버리고 심지어 먹으려고 했다. 그런 인간들을 용서할 수 있겠나? 버려지고 도망친 우리가 겨우 산과 오름에 기대어 살아가려고 하는데 또다시 우리를 잡아가고 살 곳을 빼앗고 있다. 이대로 당하고만 있을 텐가! 이제 우리 개들이 그들의 위협에 답을 해줄 차례다. 인간들은 다 똑같다. 그들은 우리 개들을 말살하려고 한다. 그들에게 밥을 얻어먹던 시간은 잊어라! 인간은 우리의 적이다. 내일 인간들의 피로 숲을 적시면 드디어 놈들은 우리의 힘을 알고 우리를 두려워하게 될 거다. 그리고 우리 개들은 해방을 위한 첫걸음을 내딛게 되는 거다. 가자! 알려주자! 산과 숲과 오름의 진정한 주인이 누구인지 오만한 인간들에게 똑똑히 새겨주자!"

회의에 초대받지 못한 개들도 곰의 우렁찬 연설 소리를 듣고 점점 바위 쪽으로 모여들기 시작했다. 어리고 젊은 몇몇은 곰의 위엄 있는 모습에 감화되었는지 흥분하여 눈을 빛내기도 했다. 그들은 내가 돌아가는 방향과 반대로 곰에게 가까워지고 있었다.

나는 그제야 곰이 예전에 무리를 이끌고 콘크리트로 갈라진 개울까지 올라온 목적을 알았다. 녀석은 정면으로 인간들의 우두머리를 상대할 배짱도 결심도 애초에 없었다. 곰은 그저 이 일대의 주인이 되고 싶은 것뿐이다. 개들의 혁명은 녀석의 야심을 숨겨두기 좋은 핑계에 불과했다.

폭력과 살육에는 묘한 중독성이 있다. 나의 위력에 상대가 놀라고 두려워하는 모습을 보는 것은 측은한 감정을 일으키면서도 짜릿한 맛이 있다. 나와 무리가 노루를 사냥하면서 단순히 생존을 위한 본능이 유일한 동기였다고 말하는 것은 거짓이다. 골짜기에 다리가 끼어 겁에 질린 새끼 노루를 내려다볼 때, 깊숙이 박힌 송곳니를 어떻게든 벗어나 보려고 발버둥 치는 어미 노루의 숨통을 철저히 짓이겨 끊어낼 때 나는 이 생명을 내 맘대로 할 수 있다는 만족감과 쾌감을 느꼈다. 곰도 그런 감정을 느꼈을 것이다. 녀석이 늙고 까칠한 주인을 패대기쳤을 때 그 감정을 처음 맛보았을 수도 있다. 다만 녀석은 생존을 위한 수단으로써 폭력보다 폭력이 주는 쾌락 자체에 이미 중독되어 버린 것처럼 보였다.

권력의 맛도 크게 다르지 않다. 곰은 인간들의 지배가 닿지 않는 덤불에 숨어서 계속 산과 오름들을 휘두르고 싶어 하는 것이다. 산 아래로 내려가서 인간들을 직접 상대하는 것은 그의 왕위를 잃게 할 수 있는 위험한 일이었다. 똑똑한 곰이 그것을 행할 리가 없었다. 그래서 그는 이 상황을 이용하여 자신의 힘을 더 키우기 위해 거짓된 구호로 개들을 모은 것이다. 그리고 어쩌다 산과 숲을 다니는 인간들을 습격하는 선에서 행동을 조절하면서 그 힘을 놓치지 않으려는 계획이다. 녀석은 그러기 위해 적당한 장소를 찾으려고 산과 숲을 뒤지고 다닌 것이다.

그러나 산은 먹고살려고 열심히 노루를 쫓는 쫑과 만두 같은 개들의 것이 되어야 한다. 오름과 숲은 어떠한 악업도 저지르지 않은 삼구의 것이 되어야 한다. 너른 산이 펼쳐낸 공간은 낮은 덤불 아래 코를 박고 살아가는 개들이 마땅히 누려야 하는 것이다. 곰이 힘과 욕망에 취해 망쳐놓을 이 숲을 구하기 위해서 나는 할 수 있는 것이 별로 없어 분해졌다. 저 욕심 많은 검은 개에게서 산과 숲을 온전히 남겨 내 가족에게 전해주고 싶지만 지금 나는 상처 입어 절뚝거리고 있는 쓸모없는 병신에 불과했다. 분하고 억울한 감정을 씹어내며 겨우 덤불 아래로 발걸음을 옮기는 중에 삼구를 닮은 (이름 없는) 젊은 수컷도 곰의 연설이 궁금했는지 바위 쪽으로 걸어가기 시작했다. 나는 번뜩 그 옛날 철창 안에서 나를 내려다보던 아버지의 눈동자가 떠올랐다. 그때 아버지의 진갈색 눈동자에 잠시 스쳐 간 탁한 주황빛이 갑자기 이해되었다. 그것은 두려움과 분함 그리고 간절함이었으리라. 나는 목구멍에 가득 차 있던 억울함을 잠시 삼켜 넘기고 어렵게 말을 내뱉었다. 곰에게 가까워지는 그를 어떻게든 돌려세워야 했다.

"어이. **아들**."

"엥? 나요? 왜 갑자기 아들이라고 합니까? 헤헤헤."

"그냥 너를 보니까 내 새끼들 생각이 났다."

"하핫. 형씨도 새끼들이 있군요. 하긴 나는 이름도 없으니 맘대로 부르시오. 그럼 나도 아버지라고 부르겠습니다. 아버지!"

껄떡대는 게 귀찮다고 생각했는데 '아버지'라는 말 한마디에 이 개는 넉살이 좋아 어디서든 잘 살아내겠구나 싶었다.

"그래. 그렇게 불러라."

"이참에 이름을 아들이라고 할까요? 이름 물어보는 개들이 있어서 곤란할 때가 있거든요."

"그것도 나쁘지 않지. 그보다 너에게 꼭 다짐받고 싶은 게 있다."

갑자기 절박함을 내세워 대화를 돌리는 나에게 살짝 놀란 듯 그는 고개를 갸우뚱했다. 떨리는 내 눈동자를 보아서 그럴 수도 있었다.

"어… 뭐… 그러시죠."

"내일 인간들을 공격하러 산길로 내려갈 거다. 거기서 넌 끼어들지 말고 이 녀석들에게서 벗어나 내가 얘기해 준 오름으로 가겠다고 약속해라. 이전에 말해준 무리는 아마 지금쯤 그 오름에서 조금 위쪽으로 올라갔을 수도 있지만 계곡을 따라가면 어렵지 않게 찾을 수 있을 거다. 꼭 약속해라!"

"아니. 그래도 아버지… 저도 그 혁명을 하러 왔는데…."

"그 혁명은 잊어버려라. 네 목숨이 달린 일이다. 약속해라."

집요하게 졸라대는 나를 의아해하다가 그는 다시 넉살 좋게 실실거리며 대답했다.

"뭐 까짓것 그렇게 하지요. 어차피 여기 무리가 별로 마음에 들지도 않았어요. 헤헤헤."

그의 다짐을 억지로 받아내고 나니 조금 안심이 되어 덤불 아래로 몸을 파고들었다. 쇠막대기로 흠씬 두들겨 맞았던 상처가 옹어리가 되어 여전히 얼얼했지만, 피곤하고 어지러웠던 정신은 맑고 가벼워졌다.

"그럼 아버지는 어떻게 할 작정입니까? 같이 그 오름으로 돌아갑니까?"

나는 귀를 쫑긋거리며 다가와 묻는 그의 얼굴을 한참 바라보았다. 다소곳이 접혀 있는 갈색 귀 사이에 자리한 이마가 판판한 것이 삼구를 정말 닮았다.

"나는 산 아래에 볼일이 있다. 다시 만나게 될 거다."

아들은 알았다는 듯 몸을 가볍게 털고 내 앞에 엎드렸다. 날이 밝으면 곰 무리의 패악질에서 아들을 떼어내고 나는 바다로 향하기로 했다. 저 흥분한 개들 주변은 내가 죽을 자리가 아니었다. 가득 차서 둥글게 되어버린 달이 누런빛을 뿌리며 구름을 걷어내고 있었다.

# 사려니

숲의 새벽은 투명했다. 밤사이 부지런히 구름을 밀어내던 달빛은 이른 새벽녘 푸르스름하게 앉으려던 안개마저 날려버렸다. 추위가 완전히 물러난 산은 점점 온화함을 머금었지만 덤불 사이에 살그머니 남아 있는 한기에 개들은 잔뜩 웅크리고 자리를 파고들고 있었다. 주어진 길이 분명해져 몸이 단 나는 일찌감치 덤불 아래에서 나왔다. 습관처럼 삼나무 한 그루를 찾아 오줌을 누고 신중하게 뒷발질했다. 혼자 숲을 즐기는 이 순간을 누군가 다가와 방해하지 않기를 바랐다. 오줌이 묻은 삼나무 밑동에서 살짝 풍겨 나오는 비릿한 냄새가 움직이려는 발걸음을 잡아챘다. 돌아서서 제대로 코를 들이대고 비린내의 출처를 알아보았다. 옅은 피 냄새가 오줌에 섞여 삼나무를 적신 모양이다. 고개를 가랑이 사이로 숙여 살펴보니 역시 자지 끝 털이 진한 주황색으로 물들어 있었다. 지난번 돌덩이 아래에서 인간들에게 매타작당할 때 어딘가를 잘못 맞았나 보다. (속까지 곪아서 피가 새어 나올 정도라니…) 뒤를 생각지 않고 날뛴 그날의 흥분이 꽤 씁쓸했지만, 오히려 이제 바다로 가야 할 길이 더욱 분명해져서 머릿속은 새벽처럼 깨끗해졌다.

산과 숲을 조금이라도 더 담아두고 싶어서 나는 주변을 돌며 냄새를 맡았다. 땅바닥에 흩어진 냄새들은 정보가 되어 지난 기억들 위에 켜켜이 쌓여갔다. 개들의 발자국이 이리저리 찍힌 흙바닥에서 올라오는 냄새는 처음 노루 사냥에 성공했을 때 기쁨 위에 앉았다. 어떤 암캐의 궁둥이가 스친 나무줄기에는 야릇한 구린내가 배어 있었다. 경박한 암내는 두부와 하나가 되었던 흥분 위에 쌓였다. 부지런히 헤집어 먹고 난 뒤 아무렇게나 뒹굴고 있는 염소 뼈의 잔해에서 퍼져 나오는 냄새는 새끼들을 먹이려고 노루고기를 게워내던 평범한 날의 추억을 덮었다. 이제는 멀어져 버린 것들을 꼼꼼히 되짚어가며 나는 고개를 들지 않고 땅을 훑었다.

촉촉한 땅바닥을 누르는 묵직한 발걸음이 느껴져 나의 추억 맡기는 더 오래가지 못했다. 바위 위에서 잠을 자던 곰이 깨어나 경계 중인 개들을 돌아본 뒤 내 쪽으로 천천히 걸어왔다.

"부지런하군. 새벽부터 뭘 찾고 있는 게냐?"

나는 무거운 고개를 겨우 들어 곰의 시선에 얼굴을 맞췄다. 뻣뻣하게 퍼져나가는 검은 털들 사이로 징글징글한 누린내가 몰려왔다. 곰의 냄새는 그와 함께 석양을 바라보던 저수지 위로 내려앉았다.

"그냥. 혹시 노루 똥이라도 있나 찾고 있었다."

나 자신이 놀랄 정도로 친절하게 곰의 별 의미 없는 질문에 대답했다. 순순한 나의 태도에 놀란 것은 곰도 마찬가지였는지 잠깐 벙벙하다가 웃음을 터뜨렸다.

"네 녀석도 못 말리겠구먼. 크크크. 여기서도 노루 타령이냐?"

어이없다는 듯이 웃어 젖히는 그에 맞춰 나도 가벼운 표정으로 웃음기를 흘렸다.

"그러게. 습관이란 게 무섭구나. 뭔 짓을 하고 있는지….."

"몸을 좀 추슬러라. 내 작전대로 되면 너도 다시 마음 놓고 노루를 잡을 수 있을 거다."

녀석답지 않게 걱정이란 것을 해주며 고개를 돌리려는 곰에게 나는 마지막으로 간곡한 충고를 전했다.

"하지 마라. 곰. 너무 위험하다. 저 개들뿐만 아니라 잘못하면 네 목숨까지 위험해질 수 있다. 그러니 하지 마라."

곰은 화를 내려고 재빠르게 뒤돌아봤다가 말을 마친 내 표정을 읽더니 이내 침착하게 답했다.

"그럴 순 없다. 여기서 무르면 내 입장이 우습게 된다. 인간들에게 개들의 경고를 알려야지."

"인간들은 개들보다 훨씬 영리하다. 심지어 우리 중에 잘났다는 너보다도 비교도 안 되게 똑똑하지. 그들은 잊지 않고 숲으로 돌아올 거다. 그리고 그때 오는 인간들은 약한 무리가 아닐 거야."

"그건 나도 알고 있다. 우리를 쫓기 시작하겠지. 하지만 산은 넓고 숲은 깊다. 인간들이 제아무리 잘났어도 우리보다 이곳을 잘 알지는 못해. 얼마든지 추격은 따돌릴 수 있다."

본인이 정한 계획에 이미 매몰되어 버린 왕의 고집을 꺾기는 쉬운 일이 아니었다. 나 역시 나답지 않게 한두 마디를 더 붙여가며 질척댔다.

"인간들에게 경고를 보내는 게 중요하다면 그러기 위해 목숨을 걸 각오가 있다면 차라리 도시로 가자. 내가 안내하겠다. 함께 도시로 가서 그들에게 맞서보자."

"그거야말로 위험하지 않겠냐? 여기 산과 숲에서는 우리가 유리한데 뭐 하러 도시에 내려가겠나? 어리석군. 이 얘기는 그만하자. 좀 쉬고 있어라. 머지않아 출발할 거다."

곰도 나처럼 가야 할 길을 정하고 다른 가능성은 말끔하게 잊은 모양이었다. 그의 지겨운 권력에 대한 집착도 어찌 보면 그를 살아내게 하는 동력으로 여겨져 나는 더 이상 말하기를 그만두었다. 곰은 답답한 몸뚱이를 돌려 다른 개들이 있는 곳으로 갔다. 나는 내가 증오해 마지않는 친구의 뒷모습에서 한동안 눈길을 거두지 못했다.

***

    개들의 부산한 발걸음이 차분했던 숲의 아침을 깨웠다. 곰의 막하로 보이는 개들이 일부러 법석을 떨면서 이리저리 뛰어다녔다. 녀석들은 주변을 돌면서 아직 잠이 덜 깬 개들과 애먼 곳에 정신이 팔린 개들을 불러 모았다. 간밤에 개들 몇 마리가 무리를 떠났다. 아마도 원래 곰의 무리가 아니라 새로 모여든 떠돌이들이었을 것이다. 곰의 위험한 계획이 당장 현실에 모습을 드러낼 때가 되자 그 위태로움을 알고 도망친 것 같았다. 현명하다. 산에서 살 자격이 있는 개들이었다. 아들을 밤중에 쫑에게 보낼 것을 생각하지 못했다. 대가리를 맞으면서 미련해진 것인지 눈치껏 몸을 뺀 개들을 보고서야 후회했다. 비록 몇 마리가 이탈하긴 했지만 그래도 나와 아들을 포함하여 아직 무리는 열 마리 정도 되었다.

    촐싹대는 앞잡이들의 성화에 못 이겨 개들이 바위 아래로 하나둘씩 모여들었다. 나는 한걸음 처져 그들의 면면을 살펴보았다. 다들 꾀죄죄한 게 버려지고 도망친 지 오래되어 보였다. 아마 아들처럼 산에서 나고 숲에서 자란 녀석들도 있을 것이다. 이 자리에 온 이유가 무엇이든 간에 다듬어지지 않은 추접한 털 위에는 다들 고단함이 묻어 있었다. 곰이 말하는 혁명적인 동기로 나선 개들이 얼마나 있을까? 혼자라서 이겨내기 힘든 치사한 삶이 이들을 여기로 데려왔을 것이다. 잠이 덜 깬 아들이 느릿느릿 걸어와서 내 옆에 앉았다.

"형씨 아니 아버지, 다들 어디로 간답니까?"
"저 아래에 있는 삼거리로 간다고 한다. 거기서 지나는 인간들을 공격하겠다더군."

막연하게 생각하던 전쟁이 코앞에 다가오자 그도 겁을 집어먹은 것인지 살짝 놀란 표정을 지어 보였다. 나는 떠나기에 앞서 그에게 다시 한번 확인을 받아내려 했다.

"다짐을 잊지 않았지? 혼란스러운 틈을 타서 너는 빠져나가야 한다. 그길로 내가 말해준 오름으로 올라가라."
"알겠습니다. 걱정하지 마세요. 헤헤."

걱정하지 말라며 능청을 떠는 모습이 더 걱정되게 만드는 줄 모르고 아들은 철없이 웃었다.

"아버지는 어디까지 가시렵니까?"

"나는 너를 보내고 난 뒤 일단 삼거리까지는 같이 가볼 생각이다. 그리고 녀석들이 일을 벌이기 전에 아예 도로를 따라 멀리 내려갈 거다."

"그럼 나도 아버지를 따라 삼거리까지는 가겠소."

"그럴 필요 없다. 너는 내려가다가 주의가 분산되면 먼저 빠져라."

"아니요. 몸도 성치 않은 양반을 혼자 보내기 좀 걸립니다. 삼거리에서 한번에 헤어집시다. 그게 맘이 편할 것 같소."

더는 그대로 따라주지 않겠다는 양으로 아들은 미간을 굳히며 씩씩하게 말했다. 그런 고집도 산에서 살려면 꼭 필요한 것이라 나는 대꾸 없이 그러도록 놔두었다. 조릿대 수풀 구석에서 혁명적으로 똥을 누는 데 성공한 곰이 의기양양하게 바위 위로 올랐다. 서로 뒤질세라 휘하 개들이 앞을 다투어 알랑방귀를 뀌며 곰 주위에 집합했다. 곰은 바위 아래에 삼삼오오 모인 개들을 쓱 돌아보더니 살짝 콧등을 찌푸리며 말했다.

"뭐야? 왜 숫자가 이거밖에 안 되냐? 네댓 마리는 더 있었던 것 같은데!"

"그게 밤중에 몰래 도망친 개들이 좀 있어서."

살랑거리며 곰의 질문에 대답하던 그 개는 말을 다 마치지 못했다. 도망간 개들에 대한 화풀이로 곰이 녀석의 주둥이를 물어버렸다. 강한 질책에 혼미해진 녀석은 낑낑거리지도 못하고 *쇠리*를 숨기며 불러났다.

"겁쟁이들이 도망쳤구먼. 뭐 그래도 상관없다."

조금 전 입질로 다시 증명된 자신의 권위에 취한 곰은 고개를 쳐들고 개들을 내려다보았다. 어두운 대가리에 선명하게 찍힌 황갈색 눈동자가 유난히 더 위험해 보였다. 곰의 당당함에 주눅이 든 개들은 그의 입에서 무슨 말이 나올지 궁금해하며 서로 눈치를 살폈다.

"산에 사는 개들아! 숲을 누비는 개들아! 이제 드디어 결전의 날이다. 오늘 이후로 인간들은 절대 우리 개들을 얕잡아 보지 못할 것이다. 산을 농락하는 저들에게 징벌을 내리자! 우리 형제들을 강탈해 간 저들에게 복수하자! 어리석은 인간들이 감히 넘보지 못하도록 숲의 주인이 누구인지 똑똑히 알려주자! 이 숲은 들개의 숲이다!"

곰의 부하들은 깽깽거리기도 하고 짧은 짖음을 반복하기
도 하면서 분위기를 돋우었다. 하지만 정작 다른 개들은 별 감
흥이 없는 듯 두리번거렸다. 곰은 그런 미적지근한 반응에는
전혀 신경을 쓰지 않고 두꺼운 목을 빳빳이 세운 채 터벅터벅
바위에서 내려왔다. 커다란 검은 짐승을 선두로 하여 권력에
가까운 순서대로 무리는 움직이기 시작했다. 나는 구태여 앞
으로 나서지 않았다.

돌덩이가 있는 공터에 오와 열을 맞춰 앉아 있던 인간들과
개들은 거꾸로였다. 거기에 있던 인간들은 슬픔에 젖어 있을
수록 뒤쪽에 앉았는데 지금 여기에 있는 개들은 열띤 감정을
드러낸 순서대로 앞에 섰다. 대열의 후미로 갈수록 심드렁한
개들이었다. 다가올 전투에 유심한 개들이 앞섰고 무심한 개
들은 뒤따랐다. 이 대열이 노루를 잡으러 가는 길이었다면 앞
뒤로 분위기가 판이하지는 않을 것이라는 생각이 들었다. 나
는 아들과 함께 맨 끝에서 조용히 걸었다. 우리는 앞에 걸어가
는 개의 궁둥이를 쳐다보며 말없이 조릿대를 헤치고 나갔다.
개들의 몸을 사락거리며 쓸어내는 조릿대 잎에는 여러 냄새가

묻어 있었다. 흥분, 분노, 불안, 체념…. 어디에도 편안한 냄새
는 없어 축적된 긴장이 대열을 덮었다. 무성한 조릿대 가지처
럼 숨 막히게 시야를 가로막는 초조함이 부담스러웠는지 아들
이 말을 걸었다.

"삼거리까지는 얼마나 더 가야 합니까?"

그의 말투는 전과 달리 차분해져 있었다. 아무리 철딱서니
없는 개라도 조용해질 만한 행군이었다. 심각해진 그를 조금
이라도 달래주고 싶어졌다.

"나도 정확히는 모른다. 이쪽을 예전에 와보긴 했지만 익
숙한 곳은 아니다. 아마도 저 앞에 있는 오름의 능선을 넘어가
면 금방일 거다."

아들은 걷다가 조릿대 위로 고개를 쭉 내밀어 오름의 존재
를 확인하려 했다. 아직 낮은 수풀이 우거진 지대라서 보일 리
가 없었다.

"삼거리에 도착하면 곰은 무리를 덤불에 숨어 있게 할 것

이다. 그러다가 지나가는 인간이 눈에 띄면 공격을 명령하겠지. 그때 개들이 흥분하는 틈을 타서 너는 몸을 뒤로 빼라. 나도 적당한 때를 보아 피하겠다."

"네네. 걱정하지 마십시오. 꼭 그렇게 하겠습니다."

어지간히도 귀찮게 굴었으니 이 정도면 귀에 박혔겠구나 싶어서 말을 덧붙이려다가 말았다. 나는 이 어린 수컷이 산에서 계속 살아가길 바랐다. 저 검은 짐승은 산과 숲이 우리의 것이라 얘기하면서 실상 자신의 영토로 삼으려고 하는 음흉함이 있지만, 아들과 삼구는 그리고 쫑과 만두는 겸손한 짐승이다. 그들은 산이 주는 대로 받아먹고 살아가다가 언젠가 숲에 몸을 내어놓을 것이다. 무릇 짐승이란 그렇게 순수한 맛이 있어야 한다.

사는 것과 죽는 것은 산과 숲이 정하는 것이다. 개들의 살 자격은 인간이나 곰에게 부여받은 것이 아니다. 힘을 가진 자들은 그 자격을 판단할 수 있는 권한이 자신들에게 처음부터 주어진 것처럼 오만하게 행동하지만 아주 잠시 그들의 손아귀에 들어온 힘을 착각하는 것뿐이다. 인간의 왕국은 삼나무보다 오래되었고 조릿대 숲보다 넓을 것이다. 그들은 왕국의 변

두리로 우리 개들을 내다 버렸다. 그러고도 모자라 조릿대가 온 산을 덮으려는 것과 같이 경계를 더 확장했다. 저 개들이 인간을 향해 이빨을 드러내는 것도 어찌 보면 당연하다. 살던 공간과 같이 걷던 동료를 빼앗긴 개들은 이제 절박하다. 인간을 피해서 산에 오르고 오르다 끝에 다다르면 더 이상 오를 곳이 없을 텐데 그때 닥쳐올 막막함을 두려워하는 것이다.

오도 가도 못할 상황이 두려워 으르렁댄다고 과연 인간들이 겁을 먹겠는가? 세상이 오래전부터 곰의 말대로 되었다면 돌덩이 앞에 정연하게 놓인 의자에 앉아 있던 자는 검은 옷을 입은 무심한 표정의 인간이 아니라 촘촘히 박힌 검은 털을 휘날리는 곰이었을 것이다. 그러나 거의 모든 땅을 장악하고 있는 것은 여전히 인간이다. 낮은 덤불 아래를 배회하는 개들의 저항은 어찌 보면 부질없을 테지만 개들은 자신들에게 익숙한 방식대로 이빨을 쓸 것이다. 말이 통하지 않는 인간과 개들은 결국 서로 물고 때리는 방식으로 소통해야 할 테니 말이다. 그리고 반드시 모든 것을 결정해야 속이 편한 인간들은 그 무수한 이빨을 사정없이 뽑아 버릴 것이다.

나는 알고 있다. 개들의 단순함은 인간들의 끝없는 지배욕을 결코 이겨낼 수 없다. 나는 알고 있다. 내가 간절하게 사랑했던 짝과 새끼들이 절대 돌아오지 않으리라는 것을. 누구에게도 입 밖에 꺼내지 않았지만, 두부가 몸을 숨겼던 구덩이 가장자리에서 속박의 쳇내를 맡은 순간 나는 바로 알았다. 어찌할 수 없는 사실을 앞에 두고 좌절과 망각으로 시간을 흘려 버리기에는 나는 무기력하지 않았다. 살아 있는 짐승은 무엇이든 해야 한다. 그 행동이 도리어 사는 길이 아니라 죽는 길로 이어져 있더라도 발버둥 치는 동안 나는 최소한 살아 있었다. 내가 자신을 살리고 싶은 마음으로 내 주변도 살아 있길 바랐다. 오히려 더 큰 열망으로 그들이 조금이라도 더 살아가길 원했다. 티 없는 삼구가 그러길 바랐고 하루를 수더분하게 채워가는 모든 개가 그러길 바랐다. 심지어 나의 숙적조차 살아 있기를 바라며 설득해보려 했다.

두부와 새끼들을 잃고 얼마 동안 이어진 나의 발버둥은 이제 부질없이 끝나가고 있었다. 나는 개로서 본능적으로 알고 있다. 내 마지막이 오고 있다는 것을. 모든 개는 그것을 알고 혼자가 되어 떠나려고 한다. 나는 참 번거롭게도 여럿을 귀찮게 하면서 겨우 무리에서 떠났다. 들에서 자라고 숲에서 살던 개가 갑자기 무슨 바람이 불어 바다를 찾겠다고 궁상을 떨었겠는가?

말라붙은 골짜기에는 이따금 비가 퍼붓는 날이면 큰물이 일어났다. 그러면 계곡 바위틈에서 썩어가던 새끼 노루는 그 물을 타고 순식간에 산 아래로 내려갔다. 마을까지 단숨에 도달한 물결은 아스팔트에 들러붙은 초코를 되살려 등에 태우고 들판을 가로지를 것이다. 그리고 마침내 멀리서 희끗희끗 보이던 바다에 그들을 내려놓을 것이다. 산보다 품이 넓은 바다에서 그들은 멈추지 않는 시간 속에 부유할 것이다.

개도 인간도 노루도 땅에 발붙인 짐승이라면 우리 모두 언젠가 다시 만날 것이었다. 우리를 구성하고 있는 사소한 것들이 모두 흩어지면 우리는 바다에 가 있을 것이다. 그래서 나는 바다로 가려고 했다. 내가 먼저 가서 두부를 기다리려 했다. 그런데 나의 번잡함이 시간을 지체하여 이제 두부가 나를 기다리고 있을지도 모르겠다. 어쩌면 나는 결국 바다에 내 발로 가지 못하고 골짜기에 후줄근한 고깃덩어리가 되어 천천히 썩어갈지도 모른다. 그래도 괜찮다. 산이 나를 조금이라도 짠하게 여긴다면 큰물이 일어나 나를 바다로 데려다 줄 것이다. 그리고 나는 거기서 두부의 보드라운 품에 머리를 박고 잠이 들어 깨지 않을 생각이다. 홑겹으로 된 밭담에서 시작된 원망과 분노에 시달릴 만큼 시달려 고단한 나는 다시는 고개를 들지 않을 것이다. 참꽃나무가 우거진 비탈을 내려가자 촘촘하게 꽂힌 삼나무 숲이 펼쳐졌다. 개들은 삼거리에 도착했다.

***

"모두 잘 들어라. 이제부터 정말 은밀하게 움직여야 한다."

바싹 상기된 투로 곰이 덤불 아래로 몸을 낮추고 말했다. 벌어진 주둥이 끝이 묘하게 기울어진 걸 보니 녀석은 흥분을 즐기고 있는 듯했다. 길을 사이에 두고 삼나무 숲과 벚나무, 참나무, 비자나무가 섞인 숲이 서로 마주 보았다. 타협 없이 곧게 뻗은 삼나무와 이리저리 구부러진 벚나무와 비자나무는 사뭇 다른 풍경을 연출했다. 다른 모양새의 나무들로 이루어진 군세가 길을 경계로 대치하고 있는 듯했다. 개들이 조릿대 아래로 이동하는 동안 부지런히 올라온 햇살은 드디어 길 끝자락에 모습을 드러내 대립하는 두 숲의 진용을 감쌌다. 우리가 내려온 쪽은 비자나무들 사이로 참꽃들이 우거져 있었는데 곰은 그 덤불 사이사이에 개들을 매복시켰다.

"곧 인간들이 나타날 거다. 이른 시간에는 인파가 많지 않으니 빠르게 공격하고 물러난다. 혹시 인간들의 숫자가 너무 많으면 그대로 숲에서 대기한다. 혼자 걷는 인간이나 둘 셋 정도라면 딱 좋다. 그런데 혹시 건장한 남자들로만 이루어져 있으면 그냥 지나가도록 놔둔다. 여자가 섞여 있거나 늙은이들이 좋다. 목표를 찾으면 내 신호에 맞춰 공격한다."

곰은 이제 적당히 신나 있었다. 녀석은 이 습격이 초래할 결과에 대해서는 전혀 생각하지 않기로 작정한 모양이다. 폭력에 중독된 고집스러운 검은 개는 머리를 낮추고 차분히 때를 기다렸다. 개들은 곰의 행동을 따라 하기라도 하듯 다들 덤불 아래에 낮게 엎드려 길을 지나는 모든 것에 코와 눈과 귀를 집중시켰다. 도대체 어떻게 알고 온 것인지 까마귀들이 한 마리씩 모여들어 개들이 숨은 쪽 나뭇가지에 앉았다. 어느덧 개들의 숫자보다 많이 모여든 까마귀 떼는 이따금 깍깍 소리를 내며 싸움을 재촉하는 관중이 되어 있었다. 검은 깃털을 날리는 곰의 시종들이 도란도란 모여 있는 꼬락서니가 견디기 힘들었다. 덤불을 박차고 힘차게 짖어 내쫓고 싶었지만 그런 난리를 피울 상황은 아니었다. 빈틈을 노려 아들을 빠져나가게하고 나도 길을 건너야 했다. 뒤쪽에 처져 있던 나는 아들에게 슬며시 다가가 말했다.

"곰이 공격을 지시하면 개들이 일시에 뛰쳐나갈 거다. 그때 너는 저들과 반대 방향으로 가서 조금 전 넘어온 오름의 서쪽 기슭으로 돌아가라. 그러다가 얕은 골짜기가 나오면 그것을 따라 산으로 올라가면 된다. 절대 산길 가까이는 가지 말고."

지겨운 걱정과 간섭이 귀찮을 법한데 그는 짜증 내는 기색 없이 내 말을 끝까지 듣고 알았다는 표정을 보였다. 참을성과 넉살이 있으니 이만하면 되었다고 생각했다. 그는 오름으로 가서 쫑과 만두에겐 든든한 지원군이 되고 삼구에게는 좋은 친구이자 짝이 되어 살아갈 것이다. 그리고 나는 곧이어 닥칠 무질서를 틈타 그대로 길을 건너 삼나무 숲을 지나 바다로 내려가려고 했다. 그렇게만 되면 그런대로 괜찮은 것이다. 숲이 머금은 향긋한 아침 냄새를 질투하는 긴장감 속에서 나는 아주 잠깐의 위안을 얻었다.

그러나 곰은 경쟁자의 평온을 절대 용납할 생각이 없는 것으로 보였다. 이미 힘을 잃은 나를 더욱 초라하게 만들기 위해 녀석은 불쑥 이쪽으로 나타났다. 위안의 순간은 지나감을 느끼기도 전에 끝났다. 개들이 매복해 있는 경계선을 뒤로 빙 돌아 녀석은 나와 아들 사이에 그 커다란 몸통을 비집어 넣었다.

"둘 다 준비는 잘됐나? 어떤가? 발. 떨리는가?"

오밀조밀한 참꽃나무 잎사귀 사이로 보이는 산길에서 눈올 떼지 않은 채 주둥이 끝을 씰룩거리며 곰이 물었다. 먹잇감을 탐색하느라 집중해서 그런지 녀석의 눈매는 유난히 예리하고 섬뜩했다. 나는 대꾸를 하지 않았다. 산길에 꽂혀 있는 듯한 녀석의 황갈색 눈동자가 실은 거꾸로 되돌아 우리 둘을 노려보고 있는 것 같은 느낌을 받았기 때문이다. 아들은 갑작스러운 그의 등장이 당황스러웠는지 뭔가 잘못을 들킨 것처럼 안절부절못했다. 그런 기색은 아랑곳하지 않고 곰은 말을 이어갔다.

"이제 시작이다. 인간들의 피가 산길을 적시면 저 오만한 것들도 공포라는 것을 느끼게 되겠지. 개들의 세상이 열릴 거다."

아들이 아니라 이제 내가 점점 녀석의 협박 같은 혼잣말에 겁을 집어먹기 시작했다. 뜬금없이 이 자리에 나타나 질리도록 반복했던 말을 다짐하는 저의가 무엇인가? 나는 녀석이 어찌할 틈을 주지 않고 아들과 나 사이의 좁은 공간을 갈라버릴까 봐 두려웠다.

"둘이 아주 가까워 보이던데. 금세 친해졌구먼. 발. 너는 원래 다른 개들에게 그리 살가운 편이 아니지 않았나? 크크크. 잘생긴 수컷이야. 뼈대도 좋고. 그래. 너는 이름이 무엇이냐?"

곰의 지배욕은 그의 색처럼 짙고 무거웠다. 인간들의 그것과 견주어 모자람이 전혀 없었다. 녀석은 덤불 아래 횡대로 엎드려 있는 개들 사이에 어떠한 공백도 묵인할 생각이 없었다. 곰의 욕망이 보기에 나와 아들이 있는 자리는 그 어느 곳보다 그의 지배가 헐거웠다. 녀석은 용납할 수 없는 공백을 메우러 온 것이었다.

"내 이름은 아들이오."

아들이 목덜미가 경직된 채로 겨우 대답했다. 곰은 가볍게 내 쪽을 한번 쓸어보고 육중한 대가리를 아들 방향으로 돌렸다.

"아들이라. 크크크. 곰과 밭만큼이나 괴상한 이름이구나. 그래. 아들. 어떠냐? 네가 선봉에 서볼 테냐?"

"선봉이 무슨 말이오? 나는 미련해서 그 말뜻을 모르겠소."

"가장 앞장선다는 의미이다. 이 혁명적인 전투에 아들, 네가 맨 앞에 나서는 것이다. 어떠냐? 이보다 더한 영광은 없다."

돌덩이 앞에서부터 내내 어리석었던 나는 마음마저 약해져 있었던 모양이다. 죽을 자리를 앞에 두고 괜히 초연해져 이런 간사한 숙적의 안위조차 걱정했다니 방자했다. 곰은 나를 놓아줄 생각이 없었다. 녀석은 심지어 죽음에조차 그의 권속들을 빼앗기지 않을 태도였다. 무슨 말이라도 해야 했다. 아들의 흰색 목덜미에 오래전 그 빛바랜 목걸이가 채워지고 있는 환상을 보았다.

"잠깐. 곰, 녀석은…."

"아! 걱정하지 말라고. 내가 같이 나갈 테니까. 또 무슨 일이 생기면 여기 밭이 도와줄 테니 전혀 겁먹지 않아도 된다."

떨리는 내 말을 사정없이 끊어버리고 곰은 아들을 재촉했다. 곰을 공격해서라도 제지해야 했다. 바다에는 못 가겠지만 곰이 아들에게 채워 버린 목걸이 정도는 풀어줄 힘이 남아 있길 바랐다. 나는 재빨리 몸을 일으켜 곰의 대각선으로 머리를 들이밀었다. 그때 개들의 맨 왼편에서 탄성 비슷한 외침이 들려왔다.

"인간이다! 인간이 나타났다!"

잠시 멈칫하는 사이, 곰은 보이지 않는 목걸이를 잡아채어 아들을 끌고 선두로 향해 나아갔다. 꿈틀대던 흥분이 개들이 맡는 공기를 장악했다. 나는 귀 끝까지 불안함으로 질려 절뚝거리며 그들의 뒤를 따랐다. 산길이 뚜렷하게 시야에 들어오는 자리까지 나오니 정말로 멀리서 인간들이 다가오고 있었다. 적대하고 있는 두 숲을 내려다보는 햇살에 가려 분명하지는 않았지만 어른거리는 모양새와 발걸음 소리가 영락없는 인간이었다. 먼저 길로 달려 나가 미친개처럼 짖어대어 상황을 난장판으로 만들어야 할까? 그러면 아들이 빠져나갈 틈을 만들 수 있을까? 그러려면 지금 뛰어야 하는데….

갑자기 뒷다리가 말을 듣지 않았다. 여기까지 힘을 내준 다리가 이제 그 기능을 다한 것인가? 아니면 죽을 자리를 찾는다는 허세에 눌려 있던 살고 싶다는 마음이 고개를 든 것인가?
나는 그대로 굳어 몸을 숨기는 것도 잊고 멍청하게 섰다. 곰은
옅은 비웃음을 흘리고 선 채로 얼어버린 나를 흘긋 바라보더
니 저 어린 수컷을 길 가운데로 내몰았다.

"자! 가리! 아들. 네가 먼저 공격하면 우리가 따르겠다."

다가오는 인간은 두 명이었다. 아예 늙은이들은 아니었지
만 가장 강하고 생기 있는 시간은 지난 것으로 보이는 남자와
여자였다. 둘은 아침이 선사하는 청량함에 취해서 경쾌한 걸
음으로 두 숲을 가른 길을 거슬러 오고 있었다. 졸지에 길 한
가운데로 내몰린 아들은 이러지도 저러지도 못하고 두리번거
리고 있었다. 차라리 잽싸게 달려서 반대편 삼나무 숲으로 도
망치면 좋을 텐데, 얼어붙은 채 그 모습을 지켜보는 내 존재가
사슬이 되어버린 것인지 그는 우왕좌왕할 뿐이었다.

— 어머나. 여보. 웬 개가 있어.
— 어! 정말이네. 어휴. 제주도에 요새 들개가 많다고 하더
　니. 쯧쯧.

인간들은 이제 그들의 목소리가 선명하게 들리는 거리까지 와 있었다. 아들은 공격은커녕 이 상황을 감당하기 힘든 듯 꼬리를 내리고 내 쪽을 바라만 보았다. 그는 몸만 컸을 뿐 아직 강아지나 다름없었다. 길 가운데서 헤매고 있는 낯선 개의 존재를 발견한 인간들은 걸음을 멈추었다. 곰은 조바심을 느끼고 슬슬 앞으로 나설 기회를 보았다.

— 어떡하지. 돌아갈까?
— 순한 것 같은데. 옆으로 살짝 피해서 가자.

그들은 계속 걷기로 마음을 먹었는지 조심스럽게 삼나무 숲 쪽으로 붙어 움직이기 시작했다. 털이 풍성한 꼬리를 다리 아래로 늘어뜨린 아들은 자신을 지나쳐 가려는 인간들과 반대편 숲에서 그 상황을 지켜보는 개들의 눈치를 동시에 보면서 바르르 몸을 떨었다.

— 여보, 애 좀 봐. 예쁘게 생겼다. 쭈쭈쭈~
— 아 이 사람아. 위험하게 그러지 마.

아들을 막 지나쳐 가던 중에 여자가 갑자기 경계를 풀고 그에게 손을 내밀었다. 남자는 앞서 걷다가 살짝 짜증을 내며 손에 쥔 지팡이의 방향을 돌렸다. 순간 남자는 벌써 밤이 온 줄로 알았을 것이다. 고개를 돌린 남자의 앞에서 크고 어두운 개가 여자를 덮쳤다. 여자는 아들에게 손을 내미느라 몸을 낮추고 있었고 그런 자세에서 여자의 목덜미는 곰의 우악스러운 주둥이가 곧비로 닿을 수 있는 위치였다.

— 아악! 지혜 아빠!

여자는 찢어질 듯한 비명을 내지르며 그대로 고꾸라졌다. 남자는 절박한 표정으로 지팡이를 들어 휘둘렀다. 저항이라기보다는 허우적거리는 남자의 움직임은 이미 공포에 절어 있었고 그 진한 냄새를 개들이 놓칠 리가 없었다. 상대의 약함을 파악한 개들은 덤불에서 한꺼번에 뛰어나갔다. 앞뒤로 에워싸고 쪼아대는 통에 곧 남자도 발을 헛디뎌 비스듬히 쓰러졌다. 이제 남자의 얼굴은 더 이상 개들의 주둥이보다 높은 위치에 있지 않았다.

남자와 여자의 비명이 뒤섞여 나무들을 울렸다. 흥분한 개들의 으르렁거림은 처절한 합창에 변주를 주었다. 퍼드덕거리는 까마귀들 사이로 한걸음 늦게 길에 나온 나는 제일 먼저 아들을 찾았다. 그는 흥분하여 이리저리 뛰어다니며 정신을 못 차리고 있었다. 남자는 개들에게 이리저리 뜯기면서도 놓친 지팡이를 찾아 필사적으로 더듬거렸다. 입고 있던 옷보다 붉은 피를 쏟아내는 여자는 길 위에서 벗어나려 움찔거렸다. 피 맛을 보고 눈깔이 뒤집힌 개들은 여자의 주위를 돌며 움찔대는 박자에 맞춰 그녀의 살가죽을 잡아당기길 반복했다. 나는 몸뚱이보다 무거워진 뒷다리를 겨우 끌어 허연 침을 내뱉고 있는 아들에게 갔다.

"정신 차려라! 아들. 그만해라. 정신 차려!"

나는 거세게 짖어대며 그의 시선을 얻어내려 했지만 이미 폭력이 주는 저열한 쾌락에 압도당한 아들은 정신을 차리지 못했다. 곰은 가뜩이나 시뻘건 주둥이를 더 붉게 물들이고 이제 남자를 향해 고개를 돌렸다. 여자가 더 이상 움직이지 않자 그녀에게 붙어 있던 개들도 곰의 뒤를 따랐다.

— 끄악! 사람 살려! 살려!

남자가 남아 있는 힘을 짜내어 뭐라 소리쳤지만, 개들에게 그 말은 아무 의미가 없었다. 서로의 말이 닿지 않는 그들과 우리 사이의 유일한 언어는 폭력이다. 곰은 화답하듯 남자의 턱을 물어뜯었다. 남자의 움직임까지 멎게 되면 나와 아들이 빠져나갈 기회가 다시 오지 않을 수 있었다. 나는 필사적으로 아들의 뒤로 돌아가 그의 뒤꿈치를 깨물었다. 순간적인 고통에 반응하여 아들이 붉게 충혈된 눈동자를 희번덕거리며 잽싸게 뒤돌아봤다. 나는 한 발 뒤로 물러서며 그의 귀에다 대고 큰 소리로 짖었다.

"아들아. 제발 정신 차려라! 오름으로 가야지! 넌 여기 있으면 안 돼. 오름으로 가자! 제발!"

미쳐 날뛰는 개들이 일으키는 먼지 탓인지 눈이 점점 매워져 앞을 보기 힘들었다. 내 앞에서 침을 뚝뚝 떨어뜨리던 아들은 감사하게도 조금씩 숨이 가라앉았다. 사악한 흥분이 아직 그를 놓아줄 맘이 없어 정신을 빼앗으려 하는지 연신 고개를 흔들어댔다. 그래도 괜찮다. 이제 내 말이 그에게 닿았다.

"아들. 나를 봐라. 괜찮다. 너는 다치지 않았어. 어서 오름으로 가라. 알려준 길로 되돌아가라. 다시는 이 길로 오지 마라."

그는 멀뚱하게 나를 바라보고 남은 숨을 헐떡거렸다. 나는 그의 볼살을 가볍게 한번 깨물어 덜렁거리는 목걸이를 풀어주었다.

"어서 달려라. 숲으로 돌아가라."

아들은 내게서 눈을 떼지 못한 채 뒷걸음치다가 이내 몸을 돌려 참꽃나무들 사이로 들어갔다. 그가 지나간 자리에서 부산스럽게 떨리는 덤불이 그가 급히 달린다는 것을 알려주어 마음이 놓였다.

이제 남자도 거의 움직이지 않고 있었다. 너덜너덜해진 손가락만이 지팡이를 찾아 길바닥을 긁고 있을 뿐이었다. 살육의 축제를 성공적으로 마친 곰의 대가리는 기어코 나를 향했다. 혼란 속에서 제 권속을 빼돌린 나를 응징하기 위해 녀석은 혀를 날름거리며 천천히 다가왔다. 몇몇 개들은 여전히 쓰러진 남자와 여자를 괴롭혔고 나머지 몇은 곰을 따라 나를 에워싸기 시작했다. 뒷다리가 나를 위해 더 이상 애써주지는 않을 것 같았다. 그래도 곰 녀석의 다리 한 짝은 못쓰게 만들 참이었다. 녀석이 활보하는 산은 아무래도 우리 개들에게 안전하지 못할 것이다. 그런 다짐으로 자세를 낮추고 곰을 맞서서 노려보다가 나는 웃음이 터졌다. 기쁨에 겨운 그것이 아닌 나의 판단이 맞았다는 확신이 전해주는 만족의 웃음이었다. 나에게 다가오는 곰과 개들의 뒤로 급히 이쪽으로 달려오는 인간들이 보였다. 네 명인데 모두 한창 젊었고 각자 지팡이를 손에 들고 있었다. 그들은 자신들의 걸음을 도와주던 지팡이를 무기 삼아 전력으로 뛰고 있었다. 검은 왕은 당황한 듯 나와 인간들을 번갈아 쳐다보았다.

"말했잖나. 네 방식은 너무 위험하다."

분한 듯 나를 다시 노려보던 곰은 무슨 말을 하려다가 그만두고 삼나무 숲으로 뛰어 들어갔다. 흥분에 취한 개들 몇몇이 두목이 몸을 뺀 직후에도 길 위에서 서성거렸지만, 인간들이 거의 다다르자 곰의 뒤를 따라 도망갔다. 뒷다리를 끌며 걷는 게 고작이었던 나는 절뚝거리며 쓰러진 남녀에게서 조금 떨어진 곳으로 가 앉았다. 붉은색으로 축축해진 흙바닥 위에 엎어진 여자의 어깨가 가늘게 들썩이는 것을 보니 숨은 붙어 있는 모양이었다. 나는 발 앞에 쓰러진 생명들을 내려다보아도 이제 만족스럽지 않았다. 오묘한 쾌락도 느껴지지 않았다. 전력으로 달려온 인간들은 지팡이를 들고 비로소 내 앞에 섰다.

\*\*\*

이 넓은 산에서 계곡이 이렇게 드문 것이었나? 나는 속으로 푸념하며 부지런히 걸었다. 흙 사이로 드러난 나무뿌리들이 발바닥을 잡아끄는 것 같아 머리가 나아가는 속도를 다리가 따라잡지 못했다. 비록 마른 골짜기라도 바위 사이로 미세한 물 냄새라도 남아 있기 마련이라 나는 콧방울이 떨어지도록 집요하게 킁킁거렸다. 이내 머릿속에 펼쳐지는 것은 묵직한 피비린내밖에 없어 소용없는 짓임을 알았다. 겨우 드센 인간들의 매질에서 벗어났지만 나는 앞이 잘 보이지 않았다. 산길 위에서 나는 저항이라는 것을 완전히 포기한 채로 앉아 있었지만, 인간들은 그들의 분노를 내 몸 전체에 쏟아내었다. 나는 짖지도 않고 신음하지도 않았다. 그들이 내리는 지팡이를 그대로 다 받아냈다. 말이 통하지 않으니 나는 매질을 통해 그들을 읽었다. 단지 고통은 어쩔 수 없어 몸을 이리저리 틀었는데 그 틈에 지팡이 끝에 눈을 찔렸나 보다. 그들은 덤불로 엉거주춤 향해 가는 내 뒤를 쫓지는 않았다. 아마도 심하게 다친 여자와 남자를 챙겼을 것이다.

그래도 몸을 움직일 수 있을 때 골짜기까지는 가야 할 텐데 쉽지 않아 보였다. 나와 무리의 삶으로 가득했던 산과 숲은 낯설었다. 우리 개들은 사물을 판단할 때 눈과 코 그리고 귀에 의지한다. 눈과 코가 전해주는 정보는 이제 오로지 붉은 것이라 귀만 믿을 수 있었는데 큰비라도 오면 모를까 마른 계곡이 소리 내어 나를 불러줄 리 만무했다. 다행히 석양은 소리가 있는지 나는 해가 넘어가는 것을 알았다. 하늬바람이나 샛바람이 강할 때도 해 질 녘 숲에는 아침과는 다른 고요함이 잠시 머물렀다. 자리에서 나오는 새들의 지저귐과 돌아가려는 울음소리는 달랐다.

어디쯤인지 알 수 없는 곳에서 다리를 끄는 동안 저무는 햇살이 등판을 따뜻하게 덥혔다. 옆구리에 보드라운 덩어리가 잠시 스쳐 놀랍고 반가운 마음에 고개를 돌렸다. 겨우 떠지는 한쪽 눈을 들어보니 하얀색 산수국이 제법 꽃잎을 머금고 있었다. 곧 동그란 자태로 보송하게 영글 것이다. 머지않아 물이 찬 오름에는 노루가 새끼들을 데리고 모여들 것이다. 서툰 자세로 노루를 쫓는 삼구를 좋이 너무 나무라지 않았으면 했다.

노루를 향해 무리와 함께 달리는 상상이 멈춘 곳에서 단단하지만 포근한 무언가가 정수리에 닿았다. 기억을 더듬어 온 자리에 **산담**이 나타나 다행이었다. 잠시 쉬었다가 밤중에 내리막을 찾아 내려가면 계곡에 이를 수 있을 것이다. 그나마 성한 앞발로 더듬거려 간신히 산담을 넘었다. 무덤의 높낮이가 보이지 않을 만큼 풀이 무성하여 몸을 감추고 쉬어가기에 알맞았다. 올망졸망한 봄맞이꽃이 하얀 눈송이가 되어 무덤을 가득 덮고 있었다. 산담 아래에 몸을 끼우고 앞발을 쭉 펴서 엎드렸다. 털이 듬성듬성한 뱃가죽에 닿는 풀이 마르지 않아 편안했다. 까마귀로 보이는 꺼뭇한 새 몇 마리가 산담 너머 비탈에 있는 나무 위에 앉았다. 멀리서 총소리 비슷한 것이 숲을 울리는 것을 보니 석양의 고요함도 물러갈 시간이 되었나 보다. 핏물이 차서 그르렁거리는 콧방울이 닿을락 말락 한 자리에 먹고사리 몇 가닥이 피어 있었다. 오동통하게 말려 있는 순이 꼭 두부의 품 안에 꾸물거리던 새끼들의 앞발 같아 반가웠다. 나는 고사리순에 가득한 보들보들한 털들이 간지러워 재채기하려다가 그대로 멈추었다.

작가의
말


저는 진도믹스 한 마리와 함께 살고 있습니다. 이름은 말리, 곧 9살입니다. 적당히 깔끔하고 적당히 똑똑해서 썩 마음에 드는 친구입니다. 한 가지 단점이랄까 좀 답답한 면이 있다면 너무 조용하다는 것입니다. 어지간해서는 짖는 법이 없는 침묵의 아이콘입니다. 개의 내면을 속속들이 이해할 수 없는 인간 입장에서는 걱정되는 부분이 없지 않아 있습니다. 다만 이 친구가 가끔 저를 바라보며 옹알이하긴 합니다. 입을 크게 벌리고 '우와우아웅' 하고 뭐라고 하긴 하는데 대충 상황에 따라 제 맘대로 그 의미를 추정하는 편입니다.

갑자기 개 자랑을 하는 것은 말리라는 친구와 저의 불완전한 소통이 이 볼품없는 책을 쓰게 된 계기가 되었기 때문입니다. 분명 이 친구도 여러 방식으로 저에게 의사 표현을 하고 저도 이 친구에게 꾸준히 대화를 시도합니다만, 본질적으로 매끄러운 소통이 불가능한 이종異種이라서 한계가 있습니다. 그런데 가만 보면 동종同種이라고 해도 말이 꼭 닿지는 않는 것 같습니다.

경계는 좁은 공간입니다. 더 이상 밖으로 넘어갈 곳은 없고 그렇다고 안으로 들어오기도 버겁습니다. 경계에 사는 존재들은 그 위태로움 때문에 고통을 받습니다. 제주는 한반도에 역사가 진행되는 내내 꽤 오랫동안 변방이자 경계였습니다. 경계는 충돌이 제일 먼저 발생하는 지점이기도 합니다. 그래서 제주는 육지보다 한발 앞서 그 상처를 받아내야 했습니다. 말보다 총검이 앞섰던 시대가 있었습니다. 억울한 삶들이 말하는 제주어가 이해하기 힘들어서 그랬을까요? 말보다는 총이 더 편하고 쉬웠기 때문일 겁니다. 동종이라고 해도 말이 꼭 닿지는 않는 것 같습니다.

그런데 이 경계라는 것이 결국 인간이 만들어 낸 것이라는 생각이 듭니다. 자연은 선을 나누지 않으니까요. 인간들이 버린 개들이 들개가 되어 한라산이라는 경계 끝에 몰려드는 중입니다. 75년 전, 곶자왈 구덩이에서 포개진 채로 있었던 사람들도 결국 인간들에게 쫓겨갔던 것처럼 말입니다.

경계에 내몰린 존재들을 통해 산과 섬이 품은 비극을 기억해 보고 싶었습니다. 요즘 세상은 다시 말이 통하지 않는 것 같습니다. 사람들이 즐겨하는 경계 짓기는 여진히 유효하고 폭력과 억압은 역시 쉬운 선택지입니다. 비극을 잊은 이들은 경계에 있는 소수를 희생시키는 데 거리낌이 없습니다.

인간이든 동물이든 같이 사는 형편에 안 통하는 말이라도 이해하고 공감하려는 노력을 쏟았으면 좋겠습니다. 버려진 이들을 경계로 내몰기만 했을 때, 어떤 비극이 우리 사회에 재현될지 알 수 없습니다. 누구든 피해자가 될 수 있습니다. 무대의 중앙에 있다고 자신하는 공리주의자들도 예외는 아닙니다. 제 걱정이 기우가 되기를 바랍니다.

상투적이지만 감사 인사와 함께 끝맺음하겠습니다.

우선 밥벌이도 안 되는 글을 쓰겠다고 했을 때 응원을 보내준 가족들에게 감사합니다.

특히, 기획부터 탈고까지 모든 과정에서 저보다 마음을 쓰며 지원해 준 아내에게 고맙습니다.

취재 과정에서 스무 차례 정도 한라산을 방문하여 괴롭혔습니다. 성내지 않고 늘 따뜻하게 맞이해 준 제주의 자연에 감사합니다.

말리 그리고 기억 속 여러 친구(민희, 수돌, 순돌, 만득, 보리, 장군 등등) 덕분에 개들을 묘사하기 위해 굳이 개들을 찾아 돌아다니는 수고를 하지 않아도 되었습니다. 고맙다. 멍멍.

제주어 대화 구성에 도움을 주신 제주대학교 탐라문화연구원 노우정 님과 동료분들께 감사드립니다.

끝으로, 한국출판문화산업진흥원 관계자분들, 한그루 출판사 임직원분들께 감사드립니다.

헛짖음으로 끝날 개들의 이야기를 세상에 꺼내주셨습니다.

## 손민석

제주에서 아내와 함께 백구를 데리고 산다.
걷고 글 쓰고 밥하고 이것저것 하는 중이다.

## 들개의 숲

2023년 10월 16일 초판 1쇄 발행

**지은이** 손민석 **펴낸이** 김영훈 **편집인** 김지희 **디자인** 김영훈
**편집부** 이은아, 부건영, 강은미
**펴낸곳** 한그루 **출판등록** 제6510000251002008000003호
**주소** 제주특별자치도 제주시 복지로1길 21 **전화** 064 723 7580 **전송** 064 753 7580
**전자우편** onetreebook@daum.net **누리방** onetreebook.com

ISBN 979-11-6867-117-1 (03810)

값 15,000원